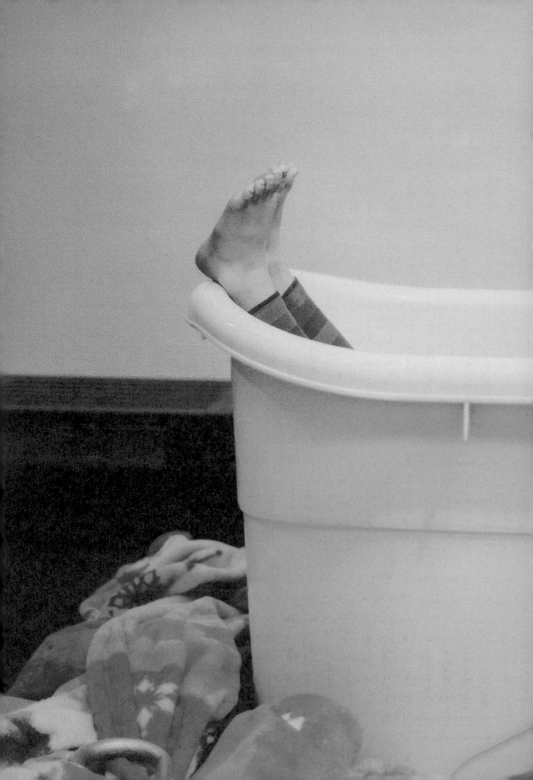

不解釋，開始看。

Vision

一些人物，
一些視野，
一些觀點，
與一個全新的遠景！

領導人◎梁嘉銘

用幽默的方式繼續奮鬥

寶爺現在的生活模式，算得上是「人人稱羨」了。「小資族」羨慕他的工作有創意，又有很高的自由度；「大老闆」羨慕他，輕鬆自由，不必管理不想被管的人，生氣時公然罵髒話也沒有包袱。

人每天的情緒都有複雜的變化，經營粉絲團若沒有小小的私心，是難以為繼的～寶爺的今天，是偶然也是必然，老天對他很厚愛，給了他幽默感和一顆想感染世界，讓世界變得更美好的心。他所寫的文章在網路上有數十萬的人按讚，除了讓「寶爺食代」更有名，這些「讚」正鼓勵「未來寶爺們」孜孜不倦的向前奮鬥哩。

要維持「婉君」（註：網軍）對寶爺不厭倦，也不是一件容易的事，相信他無時無刻不是擠破腦、在用力想：用「寶式幽默」和大家分享，他所經驗的每一件芝麻小事。這個持續力和創造力，需要無比的奮鬥精神。不然你試試？（學他睥睨狀～）

網路時代，人人都有機會成名，梁嘉銘「寶爺」將會是其中之一。寶爺的成功看起來不很難，但也絕對不容易。寶爺本書的內容總結：小誠懇，平實，有點好笑，如果你平常也這麼想，只是不敢做、不敢說，寶爺的存在，會讓你覺得：「自己是個正常人」。

寶爺很愛在文章中罵髒話，大部分的文章和文雅、文藝氣息也連

不上任何關係，不過這也好過，罵人不帶髒字卻很卑鄙的文字。
而且本書不是給「假正經」的人看，也不是給孔、孟類們看的。
看了本書大家會知道，背景的「先天不良」和「非典型」不是重
點，任何做事努力的人，自有一片天是應該的。

如果好人會有好報，寶爺應該要有好報，從本書你會發現他不是
因為會講髒話而有名，他實實在在有花時間在當一個好爸爸、
真誠的愛妻、有點責任心。還有，他很愛管閒事～「用愛心管閒
事」，對於不想正面衝突的討厭鬼們，用文章偷偷罵他們。

所以，我希望他人生事業順利，笨馨和肥栗快樂成長，和葳姊每
年都有紀念文。這社會需要有人熱心的製造娛樂，要不然實在太
無趣了。祝出書大賣。

好友‧投資女王／林寶珠
（先鋒基金超市董事長）

梁馨（笨馨）

我聽到爸爸說有出版社要幫他出書，我又
驚訝又好奇，我就開始想知道一大堆
事，但當我開始深入了解，發現也有
許多好玩的事，也想起了許多有趣
的回憶，例如：我們一起錄影、一起
玩遊戲等都是許多美好的回憶，你
只要花一點點時間來讀這本書，你將
可以知道我們家的快樂。

我聽到爸爸說有出版社要幫他出書，我又驚訝又好奇，我就開始想知道一大堆
事，但當我開始深入了解，發現也有許多好玩的事，也想起了許多有趣的回憶，
例如：我們一起錄影、一起玩遊戲等都是許多美好的回憶，你只要花一點點時間
來讀這本書，你將可以知道我們家的快樂。

DATE ． ． NO.

我聽到爸爸要出書我驚訝ㄙㄨㄟˋ然不是我要出書但是我很くㄩㄝˋ定我比爸爸還要ㄐㄧㄍˇ張ㄙㄨㄟˋ然不知道書裡在寫什麼但是我知道一定很好笑例如我們一起ㄅㄨㄟˋ影吵ㄐㄧㄚˋ玩ㄧㄡˊㄒㄧˋ寫功課上ㄔㄨㄤˊㄕㄨㄟˋ覺。

爸爸　媽媽　小西　姐姐

我聽到爸爸要出書我驚訝ㄙㄨㄟˋ然不是我要出書但是我很くㄩㄝˋ定我比爸爸還要ㄐㄧㄍˇ張ㄙㄨㄟˋ然不知道書裡在寫什麼但是我知道一定很好笑例如我們一起ㄅㄨㄟˋ影吵ㄐㄧㄚˋ玩ㄧㄡˊㄒㄧˋ寫功課上ㄔㄨㄤˊㄕㄨㄟˋ覺。

.org

目錄

Chapter 1

寶爺家教
天才老爸的陪伴哲學

板橋區大寶法王開示
爸媽轉大人要懂的事

Chapter 2
笨馨和肥栗
前世馬子的天真搶白

寶爺的綿綿情話
妳們是我前世的情人

板橋區大寶法王開示
要聽見表面的人話，聽懂裡面的鬼話

Chapter 3

賤內
鐵汁男優的愛妻啾咪

寶爺的綿綿情話
不管相愛再久，噁心的話永遠說不完

板橋區大寶法王開示
婆媳之間○○××

Chapter 4

甩瀏海
禿頭大叔的生活偷窺

附錄

哥也是人生父母養
老北與老母血汗史

寶 爺 家 教

天才老爸的陪伴哲學

黑色洞洞

肥栗昨晚掉了第二顆下門牙，以至於講話有點漏風漏風的，笑起來門牙下也多了一個黑洞。

今天一早在騎機車送笨馨去學校的路上，站在前面的肥栗突然問我……

栗：「把鼻，我少了牙齒看起來是不是很奇怪？」
我：「有點不習慣，但不會奇怪啊。」
栗：「比較不可愛了對不對？」

這時，我一個大轉彎把機車停到路邊，熄火。請肥栗轉過身來，露出各種笑容，我則是邀請笨馨一起花了一分鐘的時間很認真的將肥栗從遠到近、從左至右、從上而下的各種角度看過一遍……就在人來人往的路邊，我跟笨馨完全不管旁人的眼光。

我：「馨馨，小栗從左邊看可不可愛？」（大聲問）
馨：「可愛～～～～！」（大叫）

我：「右邊呢？」
馨：「可愛～～～～！」（大叫）

我：「上下呢？」

馨：「可愛～～～～！」（大叫）

我：「遠遠看呢？」
馨：「可愛～～～～！」（大叫）

我：「近近看呢？」
馨：「可愛～～～～！」（大叫）

我：「我們有沒有看錯？」
馨：「沒有～～～～！」（大叫）

我：「確定？」
馨：「確定～～～～！」（大叫）
（話說，笨馨真是一個稱職的暗樁啊……XDDDD）

這時，肥栗的臉上早就堆滿笑容。
當然，露出了那個即將陪伴她好一陣子的小黑洞。

我：「栗栗，記得一件事，當上帝讓妳發生改變的時候，祂絕對
是為了讓妳變得更好更美，祂絕對不會故意把妳變成醜八怪。
「至於這個洞洞，如果妳把它當成一個有趣的東西，別人也會覺

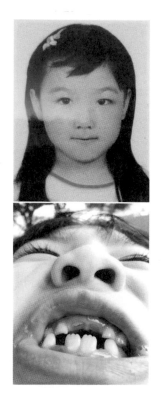

得它很有趣。如果別人笑妳，那妳跟他一起笑，它就會變成有趣的洞洞，而不是奇怪的洞洞了！懂嗎？」

肥栗看著我，似懂非懂的點點頭，又笑了。當然又露出那個黑色洞洞。
於是我們再度發動機車，開開心心的往笨馨校門口騎去。

我想肥栗並不完全明白我想表達的意義，但她應該可以很清楚的感受到我很認真的在對待、回應她提出的困擾；再加上笨馨這個稱職的幫腔。
感謝主，肥栗的今天，從快樂開始。

沒禮貌

跟笨馨肥栗去夜市吃冰時，遇到××美語的老師在路上招生。

他們的方式是……突然間就像鬼一般冒出來！接著就對小孩一陣嘰哩呱啦，大部分都是「你多高？」「你幾歲？」「你要去哪裡？」這一類的問句。

只要小孩答不出來或結結巴巴，他們就會開始遊說、恐嚇家長說，孩子英文程度很差或根本沒程度，已經跟「平均水準」完全脫節，亟需立刻把小孩送到他們補習班去「自然而然學美語」……說穿了，就是在招生啦。

當然我們也不能倖免，但我七歲／五歲的女兒笨馨／肥栗的反應超酷。

當那個老師衝過來，一串英文摺下來之後……

笨馨很生氣的說：「你幹嘛突然衝過來跟我們說話？嚇到我了！我們又不認識！沒禮貌！我不喜歡這樣！」

肥栗跟著補槍：「對啊！你都是大人了，這樣很不應該！」

老師一臉尷尬，但還是不忘記跟我說：「你看！你小孩的英文需要加強喔！他們完全聽不懂我在說什麼！更別說回答了！英文不好，以後工作會很難找喔！」

我正想回話時，我家兩口大炮又開火了！

笨馨：「我看得懂報紙上跟路上招牌大部分的字，我可以自己做很多事不用人家幫忙！又不一定要會英文！」
肥栗：「對啊！路上大家都是説中文啊，又不是説英文。而且去補習就沒有時間玩了，好浪費時間喔！」

老師：「……先生，話不是這樣説喔……」
我：「她們已經幫我回答你囉！」

很高興，我的女兒們中文説得這麼好……XD

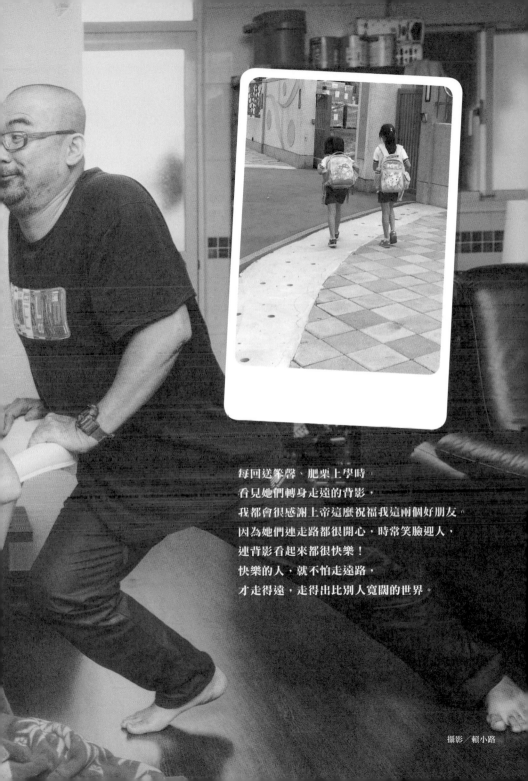

每回送筌馨、肥栗上學時，
看見她們轉身走遠的背影，
我都會很感謝上帝這麼祝福我這兩個好朋友。
因為她們連走路都很開心，時常笑臉迎人，
連背影看起來都很快樂！
快樂的人，就不怕走遠路，
才走得遠，走得出比別人寬闊的世界。

攝影／賴小路

有肩膀的小孩

二年級下學期時，我女兒笨馨從學校領回了一張模範生獎狀。

★ ★

過了一陣子，某天傍晚，我帶笨馨去快炒店買晚餐。在等待過程中，我跟熟識的老闆聊起天來，他有一個兒子跟笨馨同樣是小學二年級、同一間學校。

我：「你兒子咧？怎麼沒看到他？」
闆：「在安親班啊，下禮拜三要期中考了，現在正在做最後衝刺，每天都要操到九點多才下課。你家梁馨開始複習了沒？」
我：「下禮拜期中考？」
闆：「對啊！梁馨沒跟你說喔？」
我轉頭問梁馨：「下禮拜真的要期中考喔？怎麼都沒聽妳提起？」
笨馨點點頭，說：「對啊，下禮拜三。為什麼要說？是我考，又不是你考。需要特別跟你說嗎？」
我苦笑了一下，聳聳肩說：「對啊……又不是我考。」
老闆正切著豬頭皮的刀停了下來，一臉錯愕問我：「梁馨成績還行嗎？」
我笑了笑，沒有回答。

上學期學期總成績，她是全班第二名。
一年級學年總成績，她是全班第一名。

笨馨這個小二學生一天的行程大概是這樣子的：
早上七點左右起床，穿好前一晚就自己準備好放在床頭的制服，
刷牙洗臉吃過早餐後，七點二十分就背著書包上學去。
放學之後就到教堂或阿嬤家先花半小時把作業寫完，寫完就開始
跟妹妹肥栗玩，玩到晚餐時間，吃完飯後洗澡。
洗完澡繼續接著玩，跟肥栗或我們玩到晚上九點半，上床就寢。
禮拜六上午是她的每週看電視時間，下午就跟我出去玩。
禮拜天上午在教堂上主日學，下午到阿嬤家吃吃喝喝繼續玩。

您或許會問：「看書時間呢？」
我這樣回答好了：「我家沒有書桌，笨馨回家也不再翻書。」
賤內跟我很明白的跟她表明我們的態度——不管妳考幾分，妳都
不會因此受到任何懲罰或獎勵。但如果妳沒禮貌或不守規矩，我
們絕對會追究到底。

去學校參加親師座談會時，老師對笨馨的評語是：「她根本是一
個天使般的好幫手。而且總是笑臉迎人，主動又熱心。」
這樣的評語對我跟賤內來說，比考滿分更讓人感到虛榮。

每次去接笨馨放學，總能看到一堆家長幫小孩背書包、提包包。我家不來這套，自己的東西請自己背、自己提。更別說幫忙擦汗，餵吃餵喝。
所以她們常說：「我有手有腳，我自己來。」

全家出門玩之前，自己收自己要帶的行李，用自己的行李箱。
東西太多拿不動？誰叫妳要帶那麼多東西出門？請自己拿好。
因此她們出門前，就不會帶一堆廢物搞到自己很尷尬。

要賴皮？哭鬧？好吧！等妳哭完、鬧完，這點耐性我們還有。
我們才不讓自己的情緒受妳的情緒壓迫。
往後她們很清楚：哭鬧影響、解決不了任何事。

阿公阿嬤會不會很寵？廢話，當
然是亂寵一通，毫無理性的寵。
怎麼辦？不怎麼辦啊。阿公阿嬤
不寵孫的話還能幹嘛。難不成你
希望他們幫忙管教？
作夢！
管教是我們當父母自己的事。阿
公阿嬤已經管教我們一輩子了，
你還期望他們繼續幫忙管教？根
本就是自己想偷懶。

小孩不會因為在阿公阿嬤家短時間被寵一寵就出問題，會出問
題，是我們父母沒在家裡教好，別不負責任的牽拖阿公阿嬤。

簡單來說，孩子就是要負起自己的責任。
但我們願意陪伴妳，為妳的困難禱告，向上帝求智慧及力量。

★★★★★★★★★★★★★★★★★★★★★★★★★★★★★★★★

在我的心目中，不管笨馨今天有沒有得到這張模範生獎狀，她都
已經是模範生了。因為她已經在為自己的生活負責了。
她是個有信仰、有肩膀的小孩。

Be yourself

回到家時，賤內把一封信朝我丟過來。

我用眼角餘光瞄到的是一個有透明開口的白色信封，裡面裝著一張粉紅色的通知單。

我心想：幹！一定又是罰單了……又被天殺的條子給暗算了！

當下我暗暗起誓：等老子創好邪教，開始賣頭髮賣香港腳皮賣鼻涕給信徒，海撈一筆之後就去選總統！當選之後，只要有開過我罰單的條子，不需理由就統統先記一個大過，考績打戊等，隔年送去青康藏高原勞改個十年，勞改回來之後，只能去西門町當乞丐，並規定永世不得轉行！！

但是當我再定睛一看……咦～～怎麼有肥栗的名字？難道會是……（驚）

靠！一個藍色方框中寫著斗大的五個字：「入學通知單」。

媽媽咪呀！我家小肥栗終於要脫離文盲階級，入學去囉～～～（拉炮＋彩帶）

第一次，我們收到笨馨的入學通知，那時初為家長，滿心興奮。

第二次，我們再收到肥栗的，我此刻的心情卻是滿滿的感謝。

將來的每一天，當她背起書包走進學校……

很多老師與同學的臉孔、聲音、表情、神韻全都將裝進她的書包裡。

教室黑板上的粉筆淺痕、木製桌椅的氣味與觸感將裝進她的書包裡。
操場上的追逐、急促的喘息聲、摔跤好痛的記憶將裝進她的書包裡。
福利社裡人聲鼎沸、麵包的香氣、牛奶的醇厚也將裝進她的書包裡。

將來的每一天，當她背起書包回到家裡……
打開書包之後，她除了會拿出功課與知識之外，也會拿出許多的
喜怒哀樂，而且是完完整整的放在臉上。

孩子讀書，我們當父母的讀孩子，還常常讀不好……XD

我們都很清楚肥栗跟笨馨是完全不同的兩個人。
雖然都拿著同樣顏色、同樣內容的入學通知單，但肥栗一定會過
出跟笨馨完全不同的學校生活。

與其期望肥栗成為什麼樣子的人，我寧可祝福她能成為她想要成
為的樣子。
不管我喜不喜歡她的樣子，她至少能夠喜歡自己。
人只有在開始喜歡自己之後，才會開始愛惜自己。
開始愛惜自己之後，才有機會去創造真正的自己。

上帝造人，也讓人有自由意志，可以做很多自己想要的決定。更

何況我們不是上帝，只是父母，我們是不是應該也學習放手讓孩子做決定呢？

但人若陷在苦難當中向上帝禱告，上帝必不輕看每一個呼求，給下夠用的恩典。我們當父母的，是不是也在適當的時候發出聲音、伸出援手就好？

我跟賤內送孩子去上學，就是送到門口為止。

走進校門口之後，那就不是我跟賤內該插手太多的世界了。

我們做的就是：看著她的背影，確定她安全的走進學校，那就夠了。

也許有人會問：

「如果將來肥栗學壞變成邪惡的小太妹怎麼辦？」

老實說，我不相信愛惜自己的人會讓自己變壞變爛。就算她有一天走偏了，她起碼還知道走回善良的路在哪裡。

「如果將來肥栗成績很爛怎麼辦？」

我說真的，成績爛就爛，我沒聽說過有人考零分然後就死掉的。

我倒是聽說過有人為了考一百分死拚活拚，拚到死掉的。

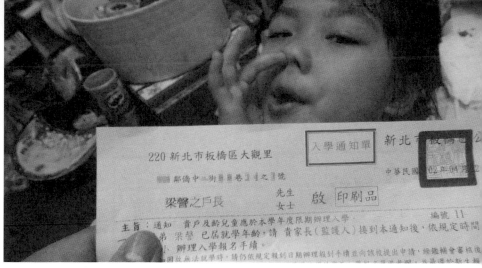

· 肥栗，本名梁罄ㄑㄧㄥˊ，ˋ，不叫梁栗喔！

「你覺得讓孩子輸在起跑線上好嗎？」

我反而想問：起跑線在哪裡？我沒看到過耶⋯⋯我更相信，能跑
得久的絕對會比跑得快的看到更多風景，聽到更多歡呼。

「你梁大寶憑什麼這麼有把握？」

我實實在在的告訴您，因為我相信上帝。我跟賤內的功能呢，就
是多花點時間陪伴，給她們很多很多的愛。

現在入學通知來了⋯⋯

親愛的小肥栗，您該去上學囉，把鼻馬迷只會送您到校門口，為
您禱告。

剩下的，就看您表演囉。

祝福您玩得開心，平安喜樂。

Be yourself.

退讓

笨馨肥栗因為一個共同玩具的優先使用權吵架。笨馨吵到整個人
氣呼呼的，肥栗則是維持一貫的犀利言詞繼續戳著笨馨的敏感神
經。
笨馨終於受不了了，跑過來要我主持公道！

我請她們倆一起到我身邊，問她們：「誰要先退讓？」
馨：「我不要！」
栗：「我也不要！」

我：「妳們不肯先退讓的原因是什麼？」
馨：「我又沒有錯！為什麼要退讓？」
栗：「我不知道，我就是不要！」

我：「所以……退讓感覺是認輸，很丟臉對不對？」
（兩人不約而同點了點頭。）

我：
「如果我告訴妳們……願意先退讓的人，其實是比較有愛心、比
較勇敢的人，有沒有誰要先試試看變成這樣的人？」
（兩個阿呆這時開始爭先恐後……）

結局是：
一分鐘後，兩個人把那玩具丟在一旁，一起快樂的去玩其他的玩具。我繼續我的工作。

有一種極大的勇敢叫做「退讓」，不是因著恐懼，而是來自寬容。

敬每一個勇敢的靈魂。

26分

這天，正在客廳和姊姊玩樂高玩具的肥栗突然轉頭告訴我：
「把鼻，今天數學我只考了26分喔～」
「哇靠！這麼高啊，有沒有被老師罵？ＸＤ」我忍不住笑了出來。
「沒有被罵。題目好難，反正就是這個分數啦。」她笑著摸摸自己的頭。
「26分，妳有什麼打算？」我問。
「沒什麼打算啊！下次努力一點就好了。」她的回答非常官腔，接著繼續轉頭回去和姊姊玩樂高。
「妳不怕我或馬迷生氣喔？」我又問。
「你們才不會為了這種事情生氣咧。」她很有把握的回答。
「當然，考26分的人是妳，我們幹嘛生氣懲罰自己。」我轉頭繼續看我的新聞。

晚上開車去接葳姊時，我們在車上提起了這件事，葳姊說：「26分？哇……我好像沒考過這樣的分數耶！」說完她自己也笑了。
「沒關係啦～又不是永遠都只會考26分，你們說是不是呀？是不是嘛～是不是嘛～？」肥栗很輕鬆的替自己打著圓場。
「哇靠！這傢伙好敢講。」我和葳姊對看了一眼，佩服了一下……ＸＤ

★★★★★★★★★★★★★★★★★★★★★★★★★★★★★★★★★★★★★★

我相信一定有些人會覺得奇怪……
26分，真的是「非常不高」的一個分數耶！我們為什麼不生氣？

攝影／賴小路

甚至連警告或勸誡都沒有？這樣小孩會不會養成不在乎的習慣？

1.如同上面有提過，我們不想要因為孩子的分數，而懲罰自己的情緒。

萬一她這輩子就是很擅長考這種分數，那我跟葳姊不是光生氣就可以氣到中風癱瘓？

再仔細想想，我們小時候有哪一次因為成績而被老師或父母責備、警告、勸誡時，是真心的感覺很內疚？有沒有在心裡面大喊：「孩兒知錯！孩兒不孝！孩兒即刻起一定洗心革面、奮發向上於課業，將來光宗耀祖，無負於您們的養育之恩！爹～～～娘～～～～（哭倒）」

別鬧了，至少我個人一次都沒有！

我只希望趕快讓師長們噴完口水，船過水無痕，朋友還在等我去打電動咧……

我心裡吶喊的是：「TMD快點～～～罵完沒～～～～」

2.其實肥栗的26分，離她親愛的爹爹，也就是在下我的小學數學成績歷史紀錄6分，還足足多了20分……

為什麼會考出6分這麼厲害的分數？

我的答案跟肥栗一樣：題目很難啊……就考出這個分數囉！

後來的題目比較不難，所以我就有了很長足的進步，我陸續考過18分、22分、35分、40多分……不等的分數。

.org

「人生就親像海波浪，有時起有時落」，我從小學就很清楚的體悟了這個道理ＸＤ。

3.我見過很多小時候數學功力跟我差不多高強的各路高手，雖然在小時候受過不少數學的創傷和陰影，但長大之後沒有一個人因此買東西會特別容易找錯錢。

沒有人因為小時候加減乘除搞不定，就在成長過程中直接或間接被毀滅的，一個都沒有。

生活中，有很多東西我們會漸漸的熟練，自然的融會貫通，這是環境自然會教導我們的，只是有人早學會，有人晚學會，只要有切身需要，大家早晚都會學會。

★★★★★★★★★★★★★★★★★★★★★★★★★★★★★★★★★★★★★

至於也有人抱持著「小時候基礎沒打好，後面就難上加難」的想法，覺得寧可小時候辛苦一點，也不要將來後悔。

這邏輯基本上沒問題，但我更相信每個人都有慧根，只是大根小根不一樣，開花結果的時間點也不同，在目前台灣這種教育制度下，所謂的基礎通常是被定義在「分數」這個狹隘的範圍內。

但對我來說，基礎的定義應該是：「想像力」。

小時候有良好的想像力，長大以後，更有機會去理解這個世界上的人事物，看見表象背後所蘊藏的意義，會更願意去思考，而不

是只會一臉癡呆，流著口水，單向的接收所有的資訊，只能精準的複製，難以做出更盛大的創造。

所以我們更相信：有想像力，才會有魔力，生活才不會失了情趣。

笨馨跟肥栗兩個小鬼從小就沒上過一天安親班，回家作業寫完之後就一路玩到睡覺，連書都不曾拿出來溫習，甚至我們家裡連書桌都沒有。

有人說我們很荒唐。

兩個人在個性想法、觀察
生活的方式、學習成績上
都有著很明顯的差別，我們並沒有覺
得誰落後誰，或想過要讓誰跟上誰。
有人說我們很怠惰。

但跟笨馨肥栗見過、相處過的人都知道，她們兩個
絕對是自動自發的小孩，凡事不需要人家幫忙，不
吵不鬧好相處，是可以談天說地，絕不無聊的好咖。
因為我們每天花很多時間陪她們講話，陪她們一起吃
飯，陪她們親親抱抱，回答一些永遠回答不完的問題，想像一些

根本不合理的想像……
這一點，卻是很多人都難以做到的。

★★

肥栗說：「考26分，我真的覺得沒關係啊！」
嗯，我完全同意。

跑七圈

笨馨一回家就在喊腳痛，説是因為今天跑太多步的關係。

看她在那邊揉腳踝，我還不忘記虧她説：「嘿嘿，就跟妳説平常要運動吧！」

這傻妞也笑著説：「哈哈！就學校跑了七圈啊～」

「七圈？哇嗚！真的是不少。」我吐了吐舌頭説。

出門去接賤內回家的路上，賤內突然跟我説：「今天梁馨很了不起，你要不要贊助她一點東西？」

「贊助什麼？今天不是兒童節，大家都帶玩具去學校玩？她還跑步跑到腳痛咧！不是玩得開心的很？」我笑著回答。

賤內看著我問：「你知道她為什麼要跑步嗎？」

「不就是跟同學玩？」我説。

賤內接著告訴我：「不！是因為參加跑步活動，學校有提供摸彩獎品，有蛇板、腳踏車……等等。繞學校跑三圈可以得到一張，跑五圈兩張，跑七圈則有三張。」

「哈哈！原來是為了獎品，不過這些東西她不是都有？」我狐疑的問。

「所以她原先只打算跑個三圈換一張摸彩券玩玩就好，但我告訴她如果摸到獎品，就可以捐給天主教約納家園的那些家庭有狀況而被安置的小朋友，幫助到那些小朋友，所以梁馨最後決定拚了！要跑七圈來多拿兩張摸彩券，最後就跑到腳痛囉～結果，

三張摸彩券竟然統統槓龜⋯⋯你說，你這爸爸要不要贊助一點呢？」賤內接著解釋。

「天哪～」瞬間我整個說不出話來。

笨馨這個不折不扣的阿呆，跑了學校七圈，腳痛一整晚，就為了換三張不一定會中的摸彩券。

萬一中了，就是要把東西捐出去給需要的陌生小朋友。

萬一沒中，就是換來一場疲勞而已。

笨馨的這分心意，讓我這個爸爸今晚的心感覺很滿很滿、很暖很暖。

我告訴笨馨：「雖然今天沒有摸到獎品可以捐，但下週把鼻贊助妳捐五十條土司給約納家園的小朋友，他們的早餐就可以多一個選擇囉！好不好？」

賤內接著說：「明天乾脆再去好市多買一些起司跟火腿給他們配著吃吧。」

笨馨笑著說：「好啊好啊～～」

笨馨的腳，絕對不會白痛這一場。

妳都這麼盡力了，爸爸當然要幫忙！

咱們全家一起來！

贏過？贏得？

吃早餐時……

隔壁桌媽媽告訴她的孩子：「你一定要努力贏過全班同學，你才會感受到快樂！」

笨馨偷偷問我：「把鼻，真的嗎？」

我偷偷回答笨馨：「假的！那樣不一定會快樂！」

笨馨又接著偷偷問我：「那要怎樣才會快樂？」

我偷偷回答笨馨：「妳一定要努力『贏得』全班同學，妳才會感受到快樂！」

笨馨點點頭。

背詩

〈終南望餘雪〉
終南陰嶺秀，積雪浮雲端
林表明霽色，城中增暮寒

這首詩是要背的功課，晚上肥栗背了很久背不起來，好不容易背
起來之後，還是背不順，不一會兒，剛剛背好的部分又忘了。
我陪她背了很久，久到我自己火都上來了，我的口氣也差了，肥
栗也感受到了，哭了。
就這樣，一個生悶氣，一個很哀怨，無解。

看看肥栗委屈的小肥臉，鏡子裡自己的大肥臉。
我：「穿好衣服，走吧。」
栗：「要去哪裡？」
我：「我也不知道，出門就對了。」
栗：「可是我詩還背不起來。」
我：「無所謂，穿好衣服，走吧。」
栗：「喔⋯⋯」

我騎著車，帶她到便利商店買了零食飲料，接著就到河堤邊坐著
吃零食、喝飲料、看夜景。

我：「把鼻要先跟妳說聲抱歉，剛才我的態度不好。」

栗：「沒關係。」

我：「謝謝妳的諒解。」

栗：「嗯……把鼻，晚上的河邊好漂亮喔。」

我：「我也這樣覺得。」

栗：「可是……還沒背完的詩怎麼辦？」

我：「隨便啦！那首詩形容的景色再美，也沒有我們眼前看到的景色美。」

栗：「把鼻，如果這首詩我還是背不起來怎麼辦？」

我：「老實說，剛剛陪妳背那麼久，我發現我也背不起來……我看得懂每個字都這樣了，更何況妳只看得懂注音。」

栗：「所以呢？」

我：「所以……剛剛買的草莓巧克力呢？分我幾顆好不好？」

我想，看得懂眼前的夜景很美，比起背完一首看不懂的詩……我寧可選擇前者。

十一點二十分，我們邊騎車邊唱歌回家，心情都變得很好。

至於那首詩……管他的！

哼！哪有人詩寫到這麼難背的！

Do something

「我的小孩其實很聰明，只是不努力！」
當孩子表現出狀況或成績不盡理想時，
父母常對別人提起這句話。
很多父母講這句話時，
其實只是在為自己的面子找台階下，
並不是真心相信自己的孩子能do something great。
最可怕的，接下來父母唯一做的事情是do nothing。

占便宜

肥栗的國語作業本裡，其中有兩頁的答案欄不難看出原本都已經寫上答案，卻又再被橡皮擦擦掉過的痕跡。

已經寫好的作業，為什麼要再擦掉呢？

原來是因為搞錯了！

回家作業應該是寫第五回，但糊塗的豬大哥在翻頁時不小心忽略了第五回，直接翻到第六回並且寫完了！

豬大哥發現這狀況之後的反應是——

立刻回頭寫完第五回作業，並且……把已經寫完的第六回作業用橡皮擦擦掉！

她的原因是：這次作業是第五回，而第六回是下次的作業，她不要去占這種「不小心先完成」的便宜。

說她笨嗎？好像挺笨的。

說她老實嗎？好像也沒必要在這種事情上面這麼老實。

反正是早晚都要寫的作業，反正是已經會寫的作業，有必要這樣擦掉，下次再重寫一次嗎？是不是太浪費時間了？

如果是我自己，我一定不會擦掉重寫，反正我只是提早完成，搞不好還會因此得到爸媽跟老師的讚美！

擦掉重寫根本是一個極度不智、不合理的行為！！誰會白痴到這

樣做？？！！

結果我的女兒肥栗（江湖渾號：豬大哥）竟然這樣做了！

她這個不合理的行徑很深刻的撞擊我的理智線跟價值觀。

看著作業簿上隱約留下的筆跡，我很欣慰豬大哥做了一個「對得起自己良心」的選擇。

「不願意去占這樣的便宜！」

不管大家怎麼看這樣一件微不足道的小事，我這個當爸爸的很欣賞她這個笨笨的思想。

感謝主，讓她是個這樣的孩子。

有感染力的笑容是一種天分，
是上帝的禮物。
其實每個孩子都有，
端看父母有沒有跟孩子一起打開它
禮物，要在打開之後才開始有了意義
否則，禮物只是一個有蝴蝶結的盒子

機會教育

前幾天從笨馨肥栗的遊戲間清出一堆不要的東西，準備處理掉。
當我跟她們聊到處理的方式時，想說來個機會教育。

我：「我們把一些壞掉或不要的東西或玩具，送給有需要的人
吧！」
馨：「好啊，看誰要就送給他們。」
栗：「把鼻，好的東西也可以送人家，一起分享，為什麼只送人
家壞的或者不要的東西？壞的東西，我們自己也不喜歡啊！」

喔喔……親愛的肥栗，把鼻對於您這個觀點實在感到無比的欣賞
與尊敬！
謝謝您，以單純的無私與善良給把鼻這個機會教育！

別雞婆

笨馨念小一時，我參加了她學校的家長會。

我很安靜的聽著各個父母大肆抱怨他們的孩子很懶惰（其實，我覺得他們有些也是想暗示自己對孩子多好又多好），內容不外乎孩子實在是太散、太懶惰，而導致他們「被迫」必須幫助孩子完成生活中的很多大小事……

課本太多書包太重怕他背不動，只好父母幫忙背。
吃完飯嘴角擦不乾淨，髒兮兮，只好父母幫忙擦。
功課太多寫不完，老師會處罰，只好父母幫忙寫。
到學校才發現該帶的課本沒帶，只好父母幫忙送。
跟同學吵架，回家哭訴，只好父母到校幫忙理論。
違反學校規定必須受處罰，只好父母跟老師說情。
早上會賴床，上學會遲到，只好父母幫忙穿衣褲。
吃飯慢慢吞吞，東玩玩西跑跑，只好父母幫忙餵。

聽起來好像父母是出於無奈、被迫，只好委曲求全。
實際上呢？其實是父母自己沒安全感，不學習信任孩子，或者根本懶得花時間教導、沒耐心等待孩子練習自己去完成這些他們該自己負責的事。
於是父母選擇介入、替代孩子完成這些日常工作，就成了我們時常看見的——兒奴伺候著王子，女僕隨侍著公主。

這些王子公主長大以後，很多都是懶惰無禮、自私狂妄的討厭鬼而不自知……

我們當父母的，真的沒有權力也不應該剝奪孩子學習自己負責的機會。

以上那些事情在我們家，從笨馨肥栗滿兩歲之後，我跟賤內幾乎就不曾再幫過這些忙，我們的堅持（或狠心？）讓她們知道，這些是她們自己的事，就是要自己完成，沒有人會雞婆去協助，頂多她們自己互相幫忙。

所以從很早開始，她們就不需要我們太煩惱那些生活瑣事。

因為我們知道也信任她們可以做得很好。

就算她們搞砸了，沒關係，慢慢收拾後重新來過。

我們不會發脾氣，我們會在旁邊陪妳，但我們不出手幫忙。

我們很狠心嗎？我不是很確定。

但我們決定用這樣的方式尊重她們的成長！

不可以不開心

肥栗和我到公園去玩耍殺時間。

肥栗時而像野豬般玩沙，時而像野狗般狂奔，我相信清潔隊捕狗大隊要是看到她一定會當場撲殺……

坐在我隔壁的是一個年輕的媽媽，也帶著她的小孩（大約五歲）來玩，她們的陣仗讓我著實的開了眼界。

三十度高溫的鬼天氣，那小鬼長袖長褲加外套不打緊，她媽媽還推了個嬰兒推車，裡面有——

另一件外套？！一個熱水瓶？！一大盒衛生紙？！一大盒溼紙巾？！兩雙鞋？！

我在旁邊看到，倒抽了幾口涼氣。不過，人家有人家的習慣，干我屁事……

接下來十分鐘，只聽到她不斷的大叫：

「×××不可以！」

「×××離開那裡！」

「×××離那裡遠一點！」

「×××那個很髒！！」

「×××！」

「×××！」

「×××～～～～～～」

那小鬼玩不到幾分鐘就得被媽媽連下十二道金牌call回身邊，擦手、擦汗、餵水、講人生大道理……

幹！按照她的邏輯，她兒子應該只能站在原地轉圈圈玩自己的小雞雞了。當然，別人怎麼管小孩一樣不干我屁事。

但接下來這女人竟然變身育兒魔人，開始對我說教：

「先生我跟你說喔，你這樣帶小孩不行啦！」

「你看那個土多髒，裡面有多少細菌啊～～小孩子會因此得到什麼什麼病……」（她唏哩呼嚕講了一大串，幹！比醫生還專業！）

「也不能像你女兒一樣跑來跑去，等一下開始流汗風一吹，對她的氣管會造成很大的傷害，晚上還會睡不好，因為玩太瘋……」（吧啦吧啦又是一大串）

接下來她就開始口沫橫飛的「主動教導」我各式各樣的觀念及知識，完全不在乎我完全沒在理會她的冷漠……

如果她只是對著我魔音穿腦，也就算了，我就當她在吠。

但接下來她除了繼續嚴格控管她兒子之外，竟然順便開始對肥栗也囉哩叭唆！

「妹妹，不可以那樣跑喔，用走的！」

「妹妹，不可以玩土喔，髒髒！」

「妹妹，不可以爬那根竿子，危險！」

「妹妹，不可以滑溜滑梯，上面很多細菌！」

「妹妹妹妹妹妹……」（Endless）

肥栗這時臉上的表情盡是不解與無奈交織。

終於，我也受不了了！（理智線斷裂）

我叫了聲：「栗栗，請妳過來一下。」

肥栗跑過來之後問我：「把鼻，什麼事？」

我很大聲的告訴她:「剛剛阿姨所說的『不可以』的那些事情,妳統統可以放心去做!唯一一件不允許的事情就是⋯⋯不可以玩得不開心!懂嗎?」

肥栗笑著點點頭後就跑回去繼續當野豬野狗了。

我有瞄到,那個小鬼看著肥栗的眼神是羨慕與不解的。

那位育兒魔人轉過頭來對我說:「小孩子真的不可以⋯⋯」

我沒等她把話說完就打斷她。

我說:「不可以有那麼多不可以!」

育兒魔人這才閉了嘴。

最後,她把小鬼叫回來,如我預料把另一件外套硬套了上去,小鬼的臉呈現了很不舒服的脹紅,表情更是不開心到極點。

她喃喃自語的說:「流完汗,風一吹就會感冒,還是把外套穿上好。」

看著他們離去的背影,我真的覺得,很多孩子的病,並不是細菌病毒引起的,而是來自於父母的控制狂。

小孩發燒?其實燒的是這些父母的腦袋。

不過⋯⋯干我屁事。(燦笑)

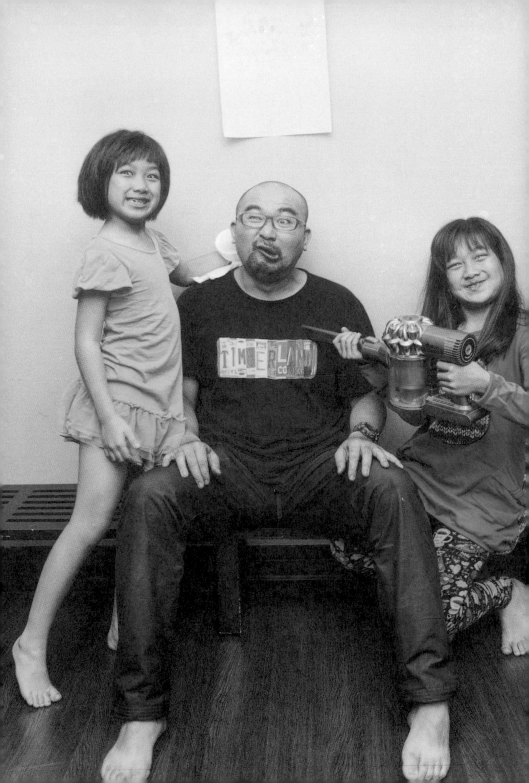

板橋區

大寶法王
開示

爸媽轉大人
要懂的事

自己清理

小男生因為邊走邊玩，打翻了一杯飲料，灑到衣服跟鞋子。
他的爸爸媽媽就在路邊開始對他毫不留情的破口大罵，邊罵邊處
理災難現場，撿杯子，幫他擦衣服、擦鞋子……
調皮的小男生，這時只能傻傻的站著哭。

有必要嗎？

為什麼不讓小男生自己清理現場跟自己呢？
為什麼要讓他付出的代價只是「被羞辱」跟「眼淚」？
長大後，有很多事情可不是被罵一罵、哭一哭就能了事的！

家教問題

.org

> 如果你不能好好控制你的孩子
> 請你們不要進來用餐
> （請尊重他人用餐環境）

有好幾個朋友問我對店家張貼這張告示的想法。
在我腦袋裡面依序浮出了幾段畫面：

〈第一段〉

我是正在吃飯的客人，邊吃邊回想今天工作出包時被老闆機歪的
原因，並且沙盤推演明天應該要怎麼把局勢扭轉回來……甚至回
婊老闆一道，吐一口他媽的怨氣！
而且今天被客戶碎碎念了一整天，能坐下來安靜的吃頓晚餐是件
多美好的事情呀！

但這時，餐廳裡有個小孩不斷的哭鬧、尖叫、奔跑。
搞得我注意力完全無法集中！更別說專心思考想賤招了！

我想如果我此刻手上有指虎，我應該會立刻戴上，擊碎他的天靈
蓋吧。
我會問：砍！他父母在幹嘛？怎麼不管管自己的小孩呢？

〈第二段〉

我是餐廳服務生，正在內外場間不斷穿梭。

七號桌的餐點出錯了，龍蝦沙拉出成龍眼沙拉。

五號桌的客人突然要加點一堆菜，點完之後又說他吃飽了，剛剛點的要統統取消。

三號桌的客人說湯裡面有幾根捲曲的毛，他質疑那是陰毛，要叫經理出來理論。

我急著處理每一桌的問題……

這時，餐廳裡有個小孩不斷的哭鬧、尖叫、奔跑。

原本我就已經分身乏術了！簡直屋漏偏逢連夜雨！

我想如果我此刻手上有血滴子，我應該會立刻丟出，直接取他的首級吧。

我會問：砈！他父母在幹嘛？怎麼不管管自己的小孩呢？

〈第三段〉

我是個剛經過店門口的路人，正打算找個地方跟馬子吃頓飯。

這禮拜終於有時間跟馬子說以下這些事：

天氣炎熱，我的兩片屁股之間好潮溼喔……

另外我的大腿內側也長了好多痱子，好癢好癢喔……

昨天硬擠發膿的青春痘，噴了整個鏡子，害我擦好久……

這時，看見餐廳裡有個小孩不斷的哭鬧、尖叫、奔跑。
我心想：砍！這麼吵，等一下怎麼講話呀？還是走吧。

我想如果此刻手上有流星錘，我應該會立刻甩出，直接砸爆他的腦吧。
我會問：砍！他父母在幹嘛？怎麼不管管自己的小孩呢？

〈第四段〉
我是餐廳的老闆，正在收銀台替客人結帳，心裡想著：
最近生意實在不怎麼好，實在很擔心後面貨款周轉匯出問題呀。
下個月又有一個廚師要離職，該不該再補人呢？
熟客老王說牛肉麵的味道變了，到底是哪裡出問題了呢？
正當腦海裡千頭萬緒……

這時，餐廳裡有個小孩不斷的哭鬧、尖叫、奔跑。
瞬間我情緒非常緊繃！因為怕其他客人的用餐受到影響！

我想如果我此刻手上有聞西的「要你命3000」，我應該會逐一使用，直接取他的性命吧。

我會問：硍！他父母在幹嘛？怎麼不管管自己的小孩呢？

一個不受控制的小孩在餐廳裡吵鬧，影響的是所有人的共同環境。
絕對不是只有父母坐的那一桌。

★★★★★★★★★★★★★★★★★★★★★★★★★★

有沒有發現一個很關鍵的點？吵鬧的是小孩，但大家問的都是……他的父母在幹嘛？怎麼不管管自己的小孩呢？

大家都很明白，小孩子的情緒或行為本來就不夠成熟，常常不受所謂「規矩」的約束。因此偶有脫序，這是十分正常且合理的狀況。不管有沒有生過孩子，這邏輯都不難理解。
但是，這並不代表大家都必須對這個孩子在餐廳的失控行為買單。因為這是公共場合，屬於眾人共有的空間。

.org

一開始孩子吵鬧，大家頂多看一眼，主要是想搞清楚發生了什麼事。但如果這個吵鬧間歇性不斷的發生，甚至是持續性的存在，那麼父母當下立刻的處置，就變成了是一種必須的責任。

也許你覺得你花錢消費應當受到尊重，但其他人也花錢消費啊，你怎麼可以不尊重其他為數更多的人呢？？？

如果父母沒有辦法控制孩子的哭鬧，那麼就應該很有自覺、很有禮貌的帶著孩子立刻離開現場，到另外一個不會打擾到其他人的空間去處理孩子跟你自己的情緒。處理完了再回來。
留在現場處理？得了吧！沒人會有興趣你跟小孩的親子愛恨劇場在演什麼啦⋯⋯大家只想安安靜靜的吃頓飯。

有人說老闆這樣的舉措用詞都太不厚道，不顧及顧客感受，且完全悖離服務的精神，簡直沒有禮貌！！！
別鬧了吧！
人家老闆開餐廳是要做生意賺錢過生活的耶！
他要負責的可是您的餐點品質跟用餐環境這些事，並不包含您小孩的失控喔。
您小孩的失控⋯⋯說難聽點，是您家的事喔。
更何況，這是老闆的餐廳，他愛怎麼規定是他爽就好。您又沒幫

忙出錢當股東，您……喳呼個什麼勁兒啊？

老闆沒有禮貌？？
不會耶！老闆已經很有禮貌了喔。至少他是個醜話說前頭的君子！
難不成，等您的小孩在餐廳吵鬧時，再把您請出去，這樣您會比較好受？老闆比較有禮貌？

小孩在家吵您都嫌吵了，更何況是在別人的地盤？

小孩在公共場合失控，該做即刻處置的是父母的責任。第一個動作應該是要求自己立刻處理，而不是先要求大家的包容！
這是家教問題！

盡力就好？

鄰居太太又大打小孩了！

因為她苦心栽培的小學三年級兒子在安親班開學測驗中成績不佳。

於是她拿起愛的小手開始在巷內追打，她兒子則是四處逃竄，最後躲到鄰居家裡，媽媽也隨後追到。

鄰居出來緩頰：「怎麼啦？怎麼啦？考試考不好嗎？」

媽媽氣呼呼的說：「我又沒有要他考滿分！我只要他盡力就好！結果他考出來的成績一看就知道完全沒盡力啊！！妳說我能不生氣嗎？？」

鄰居：「到底是考幾分讓妳氣成這樣？」

媽媽：「國語只考90分，數學更糟，只有82分。」

我跟鄰居聽了整個傻眼，互相交換了一個不可置信的眼色。

我忍不住開口跟那位媽媽說：「妳怎麼知道他沒盡力啊？」

那媽媽說：「我就是知道！他的實力絕對不只有這樣！」

我接著問：「妳跟妳先生一個月賺多少錢？我覺得以你們夫妻倆的能力，一個月收入要是沒有超過一百萬，那就是沒盡力喔……」

媽媽：「我們已經每天辛辛苦苦上班了，能養活他們已經很對得

起良心了！」

我：「這就對了啊，他每天也白天辛辛苦苦上學，晚上上安親班上到八九點……考出這樣的分數，也算夠意思了吧，又不是不及格……」

後來在我跟鄰居輪番安撫之下，最後媽媽總算氣消了，但要求孩子發誓加保證以後會更盡力更努力，她才邊走邊念的把孩子給拎了回去。

盡全力就好？？什麼叫盡全力？？

當父母的可夠賊的了！別把您的孩子榨到沒力了！人生中要用力的事情還多著呢！

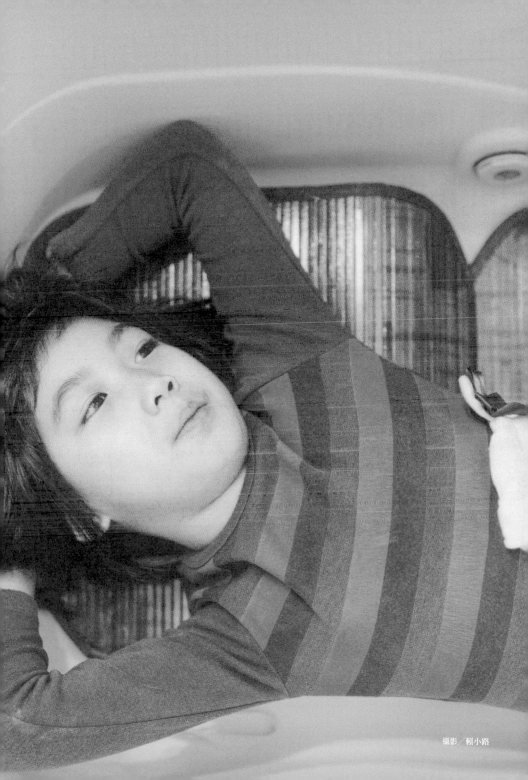

攝影／賴小路

怪獸家長

等垃圾車時，兩個鄰居太太一起數落著學校及補習班老師的不是。

總之呢……

小孩成績差是因為老師不會教。

小孩不乖是因為老師沒嚴加管教。

小孩會變得很愛玩、說謊，都是因為同學帶壞。

小孩補習補半天，成績也不見起色，就是因為老師不夠認真。

小孩補習班都沒在出功課，害小孩回家沒事做？？？！！！

小孩暑假放到現在，整個人都懶散掉了，功課也不知道寫完了沒……

兩人竟然還在吹噓自己打給老師的電話次數多、內容罵得凶，而且，等九月一開學，就要來跟老師……算總帳！

兩人一致的共識是：就是因為我自己不會教，才需要老師來教，才要送去補習班，老師怎麼可以如此怠惰？？

我提著垃圾，站在一旁，冷笑。

不可否認，不少的學校老師是混吃等死的公務員，作育英才只是貼在牆壁上的標語，春風化雨的美名可能只屬於已經被學生圍毆打死的老師……

補習班老師呢？拜託，在家八小時、上學八小時後，去補習班窩個兩小時，你就要求孩子能脫胎換骨？

拜託，腦袋清楚一點好不好？

而且，就我所知這兩個家庭──一個是三更半夜總有人在家裡打麻將，一個是父母成天喝醉在家吵架摔東西。

爸媽自己都一副狗樣了，孩子是能多像人？？

怪獸家長通常不會承認自己是怪獸家長，還會不斷強調：

「我這個人最講道理了！」

「我最不愛計較了！」

「我會吵，只是因為不能忍受不合理！」

虫合？？？

七刀！！！

口責……口責……口責……

親愛的笨馨肥栗：

無知有分兩種，知識上及情感上。

知識上無知，大家會把你歸類為笨蛋，

因為你無益於他人。

情感上無知，大家會把你歸類為壞蛋，

因為你可能傷到人。

所以，別當個無知的人。

價值觀

「五年前基測402分能上建中，卻淪偷車賊」。
這是新聞標題。

「二十歲的劉姓男子加入竊車集團，昨落網懊惱地說，五年前第
一次國中基測考374分，他只想念建中，再拚第二次考了402分
（滿分412分），家人卻嫌離家太遠，於是高分就讀彰化一所私
立高職，入學時還領到一萬元獎學金，很後悔沒好好念書，退伍
後找不到適合工作，淪落至此。」
這是記者新聞播報的內容。

看完這則新聞，很難不聯想到最近紛紛擾擾的基測爭議中，那些
父母跟學生憂心忡忡的臉孔。

書念好，進好學校，成績優秀的同學彼此競爭、學習，畢業後比
較有機會找到一份好工作，生活比較有保障。
書念不好，進爛學校，品行良莠不齊的同學龍蛇雜處，就算畢
業，也很有可能會找不到好工作，人生會比較辛苦。

這樣的邏輯很普遍的存在於大多數人的觀念裡，包含以前的我自
己。

有沒有發現，從小到大搞了半天，這個社會、家庭和教育體系的功能取向，都是為了讓我們從小開始準備「找到一份好工作」？

我們被教導必須要謹慎的走好每一步，以免一步錯，步步錯。任憑有再多活生生的例子說明：成績與成就並不一定會成正比，學習環境與個人行為也不一定具有絕對關係。

但要放下「不夠優秀，就會被體制淘汰」的不安全感，談何容易？畢竟，能夠在體制裡按部就班往上爬，相對比較可預期，比較有保障。

看看這個年輕人，他不念建中的原因有：
1.距離太遠，家人反對。
2.有一萬塊獎學金。

簡言之，他的未來並沒有太多自己思考、決定的成分。

他後面會踏入歧途（請注意，我不是用誤入歧途，因為這是成年人該自己負的責任）根本毫無意外，因為他不認識自己，不知道自己要什麼，於是最後讓可以輕鬆獲得金錢的犯罪介入、支配他的未來。

這些都是我們這個社會和家庭在無意間教導他的偏差價值觀！

念不念建中，根本不是重點！別瞎扯！

孩子的未來明明有無限可能，別被大人的不安全感給扼殺了！
照本宣科的安全，一點樂趣都沒有！

不要讓孩子淪落到從小就開始準備找工作了！

Chapter 2

笨馨和肥栗
前世馬子的天真搶白

什麼叫感動？
就是看著另一個小小人，跟自己如此的相像，
五官、神韻、個性、陰險的瞬間……
都有自己的影子。
但她一定會有比我更好的人生，
因為她有父母滿溢的愛、殷切的祝福與禱告。
誰說養小孩很花錢？
亂講！每天我都覺得是我賺到！

攝影／賴小路

愛的超能力

運動完了以後，開著車回到停車場把車停好，接著就散步走回家。

沿路並不算視線明亮，只有遠處路燈的餘光和公寓還醒著的住戶的後陽台燈微弱地照著眼前的路，邊走我邊抬起頭看著這一大排公寓的燈光。

我家是其中一戶，我一眼就可以從萬家燈火中認出哪一盞是來自我的家。

突然，我聽見遠處傳來一聲響亮的：「把鼻～～～」
是肥栗。
我立刻回了聲：「Hi～～栗栗～～」

回到家後，我問肥栗：「妳剛剛為什麼會出現在後陽台？」
「因為我算了一下時間，你差不多該運動完回來了。」她回我。

「可是剛剛很黑，距離也很遠，妳怎麼能確定那是我？」我又問。
「當然可以，你是我把鼻耶，跟別人不一樣。」她肯定的說。

呵呵～是啊，就像每次去接她們放學，迎面走來一群又一群臭氣

沖天的小鬼，我就是能在人山人海中一眼就定位到我的笨馨和肥栗，給她們一個招手，一聲叫喚。

為什麼？

因為她們是我女兒呀……

因為有愛，人就有了超能力。

姊妹無真情

晚上帶笨馨和肥栗去河堤邊放煙火。

我：「小栗，妳要不要點點看？」
栗：「不要……我會怕～～」（裝嬌羞）
馨：「吼！小栗，妳就要上小學了耶……連這都不敢，怎麼上小學？？」

栗：「……好吧，我試試看！！」（鼓起勇氣）
我：「哇！好勇敢！可以上小學囉！！！」（遞香）

馨：「這還差不多！」（欣慰）

接下來，一陣煙火燦爛，兩姊妹看著美麗的煙火，興奮得手舞足蹈。

栗：「姊姊，好好玩喔，換妳來點另外一個。」
我：「換馨馨囉～～」（遞香）
馨：「開什麼玩笑！！這麼危險又恐怖……我才不敢咧～～」
（轉身小跑步竄逃）

看著笨馨不斷尖叫，漸漸遠去，變小的身影……

栗：「……把鼻，姊姊是不是已經上小學二年級了？？？」（遠目）

我：「……也許妳沒有姊姊……妳記錯了……」（嘆氣）

哼！誰說姊妹之間一定是真情？？

在未來，笨馨肥栗之間的情感還會受到很多試探，
但她們可以從把鼻為她們留下來的紀錄，
去找回那起初的相愛。
把鼻不是只會甩瀏海而已。（甩！）

三馬現形記(1)

★ 叫不醒的馬子

一早，想去叫家裡的三馬起床陪我吃早餐。

我：「小葳，起床陪我出門去吃早餐好不好？」
賤：「…………」（持續圓寂中）

我：「馨馨，起床陪把鼻出門去吃早餐好不好？」（慈愛呼喚）
馨：「別騙人！天還是黑的！根本還沒早上。」（揮手趕人）

我：「栗栗，起床陪把鼻出門去吃早餐好不好？」
栗：「吃消夜再找我……」（揮手趕人）

哼！我不稀罕！
我可以孤獨的寂寞的失落的自己一個人去吃牛排！（跺腳）

★ 情人節快樂

走進房裡，跟我那三匹早已睡死的馬子說話。
大寶：「太太，情人節快樂喔～～我愛您～」

賤內：「嗯……冷氣怎麼不冷……」（翻身）

大寶：「馨馨，情人節快樂喔～～把鼻愛您～」
笨馨：「喔……我的彩色筆沒水了……」（翻身）

大寶：「栗栗，情人節快樂喔～～把鼻愛您～」
肥栗：「我先睡覺……等我起床以後再吃……」（翻身）

唉……好沒情趣的情人節……（癱軟）

人無恥，就無敵

笨馨正全神貫注的做著串珠手環，肥栗無所事事的在一旁瞎晃、
飄蕩，三不五時就飄到笨馨身邊逗她，摸一下屁股，戳一下腰，
拿走一顆珠子，無預警的吼叫。

就聽見笨馨不斷的警告肥栗：「不要弄我喔！走開一點啦！
吼！！」

但肥栗充耳不聞，還是不斷的進行騷擾⋯⋯

最後終於惹毛了笨馨，抓狂的對肥栗大叫：
「妳幹嘛一直騷擾我？？我已經跟妳說過我不喜歡了！妳還繼續
弄！真的很過分耶！妳聽不懂人話嗎？？妳是動物喔？」

這時空氣整個凝結，笨馨看著肥栗，肥栗看著笨馨，兩人動也不
動的僵持著。
至於我這個慈祥的父親在幹嘛？
我坐在一旁吃著繼光香香雞，準備來個隔山觀虎鬥。

經過了大約三十秒，兩個人繼續僵持不下，我心裡也開始沙盤推
演——究竟是笨馨會首先扯開嗓門破口大罵？還是肥栗會先崩潰
衝過來淚眼婆娑的告狀呢？？
嘿嘿⋯⋯讓我們繼續看下去！

.org

在完全出其不意的狀況下，肥栗首先打破僵局！

「ㄍㄡˊ ㄍㄡˊ～ㄍㄡˊ ㄍㄡˊ～」
肥栗竟然發出了響亮的豬鳴！！！！！

馨：「妳在幹嘛？」
栗：「我是聽不懂人話的動物……我是豬啊！」（燦笑）
馨：「……」（楞住）
我：「……」（傻住）

俗話説得好：人只要無恥，就無敵了！Confirmed.

★★★★★★★★★★★★★★★★★★★★★★★★★★★★★★★★★★★★★

馨：「小栗，妳為什麼老是要唬我？」
栗：「姊姊，我從來沒有唬過妳啊。」

一個不長眼，一個睜眼説瞎話……

已睡不回

放學回家途中，笨馨戴上耳機在聽音樂，肥栗躺在我肚子上跟我聊天。

栗：「把鼻，晚餐要吃什麼？」
我：「迴轉壽司好不好？」
栗：「嗯……」

我：「還是天氣冷要吃火鍋？吃完會跟把鼻一樣聰明喔～」
栗：「嗯……」

我：「還是要吃豬排飯？吃完會跟把鼻一樣強壯喔～」
栗：「……」

我：「還是去吃義大利麵？吃完會跟把鼻一樣靈活喔～」
栗：「……」

我：「還是要去吃鍋貼？吃完會跟把鼻一樣帥喔～」
栗：「……」

我：「幹嘛都不說話了？」（取下她的安全帽）
栗：「……」（呼吸聲十分均勻）
幹！已讀不回已經夠可惡了，還給我睡著！！！
暴斃！！（摔重機ing）

凌晨3:00，我難得睡著了，並且睡得很好。

突然，肥栗醒過來並走到我床邊說：「把鼻，我有話想跟你講⋯⋯」

半夜會找我，想必是很重要的事情！！

我當然趕緊起床晃晃腦袋拍拍臉，趕快讓自己恢復清醒！

我：「好，栗栗妳說，把鼻正在聽！」

栗：「呼嚕呼嚕呼嚕⋯⋯」（打呼聲）

我：「⋯⋯」（完全傻眼）

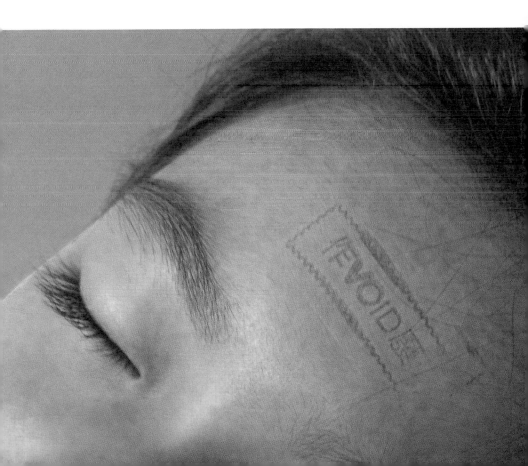

誰比較笨？

笨馨肥栗在比較「誰比較笨」。
為了面子，兩個人可真是卯足全力！

馨：「我很笨。」
栗：「我超級笨！」

馨：「我很笨，笨到同學都不理我。」
栗：「我更笨，笨到老師想打我。」

馨：「我笨到便利商店老闆不想賣我東西。」
栗：「我笨到商店老闆不讓我進商店！」

馨：「我笨到警察會抓我！」
栗：「我笨到警察會抓走我，去跟阿扁關在一起！」

馨：「我笨到嚇死人！」
栗：「我超級無敵霹靂笨！」

馨：「我笨到晚上睡不著！」
栗：「我笨到飯都吃不下！」

馨：「我笨到我長不大，永遠是小矮子！！」
栗：「我笨到我瘦不下來，一輩子都是大肥豬！！」

馨：「我連外號都是笨馨！」
栗：「把鼻比較常説我笨！」

馨：「我不管，我是姊姊！我説我比較笨，妳就要聽我的！」
栗：「哼！我是妹妹！妳要禮讓我，讓我比較笨！！」

這時兩人已經爭到面紅耳赤，開始向我求救。
馨：「把鼻你看啦～～小栗不聽話！」
栗：「把鼻～～姊姊欺負我！！」
我：「……這樣好了，把鼻最笨好不好？？」
馨：「哼！你幹嘛跟我們搶？我要跟馬麻説！」
栗：「對啊！搶什麼搶？我要去跟馬麻告狀！」
馨：「小栗我們走，不要理把鼻了！」
栗：「走！我們一起去房間玩！」
我：「……」

ＯＫ……我贏了！我最笨……Orz……

攝影／賴小路

您們家如果牛奶過期了都怎麼處理呢？
我有聽過：倒掉、泡澡、敷臉、施肥、澆花……等等方式。
但笨馨肥栗一致認為當牛奶過期時可以……
給爸爸喝！
我含著淚相信她們是愛我的……

誰長不出來？

栗：「把鼻～你看～～依～～～」（奮力張大嘴）

我：「哇～另一顆門牙也掉了～現在看起來好整齊好可愛喔～」

栗：「現在講話好容易漏風喔～～」

我：「沒關係啊，這樣比較通風，嘴巴裡面溼氣才不會太重……」（胡扯ing）

栗：「不知道還要多久新的才會長出來……」

我：「新的？當然不會有啊！你會永遠都是缺牙鬼啊～哈哈哈～」（笑很大力）

栗：「騙誰～別以為我沒念過書，我還會長一次新牙！」

我：「書上亂寫的啦～哈哈哈～」（笑更大力）

栗：「哼！你的頭髮才是真的不會再長出來～哈哈哈～」（笑超大力）

我：「………………」（眼眶泛紅）

栗：「好光～好亮～好好摸呦～～～～哈哈哈～」（笑到發抖）

我：「………………」（含淚）

栗：「哈哈哈～等我新牙齒長出來再分你看囉～哇哈哈哈～」（揚長而去）

我：「………………」（側身癱倒＋抽搐）

幹！我的「落賤」咧？？拿一罐500C.C.的來，我要用喝的！

還有！給我一包鹽，大包的，我要加在肥栗每天喝的牛奶裡！！

帶笨馨肥栗去晚泳，準備下水之前……

我：「等一下，把鼻戴泳帽！」

馨：「你沒戴嗎？喔……喔……喔……看錯了，那是你已經剩不多的頭髮～」（笑）

我：「……」（胸口中箭！）

栗：「泳帽是給有頭髮的人戴的。把鼻，你只有頭皮耶……」（指）

我：「……」（天靈蓋中流星錘！）

救生員：「噗哧！」（掩嘴笑）

幹！救生員你笑個屁！（摔泳褲）

攝影／賴小路

三馬現形記(2)

★ 爸爸還在啦……

近來最令人感到心酸的對話。

梁馨：「小栗，我們來玩扮家家酒，我當媽媽，還有當姑姑。」
小栗：「好啊！！那我當姊姊，還有當小狗……」
梁馨：「好啊！！可是，沒有人當爸爸耶，怎麼辦？」
小栗：「……我們就當作爸爸已經死掉了吧！」（尾音上揚）
梁馨：「好啊！！」（尾音同樣上揚）

我只想説──爸爸還沒死，還在……真的啦！（尾音虛弱）

★ 凄涼

我在廚房洗碗，笨馨肥栗在客廳聊天。

馨：「我先説，我等一下要跟把鼻借iPad玩沙畫遊戲，妳別搶喔。」
笨馨説完，臉上不自覺露出搶先成功的微笑！

栗：「哼！誰要跟妳搶，不過就是一個晚上。等一下我要去拜託把鼻說在他死掉之前要把iPad送給我！他死掉之後，iPad就是我的囉～YA！」

馨：「妳亂講話，把鼻離死掉還很久！」

栗：「很難說喔……哇哈哈哈哈！」

我：「……鏗！」（碗掉落聲）

我很確定，我當時站在流理台前洗碗的背影一定很淒涼，很陰暗……

★ 親情淡薄

笨馨跟賤內的一段對話，道盡「親情淡薄」。

馨：「馬迷，妳的耳環好漂亮喔！可以送給我嗎？」

賤：「不行喔，我還想要戴。」

馨：「那等妳死掉以後，可以送給我嗎？」

賤：「……可以……」（泣奔～）

我：「……」（菸～）

再刷一次

【時間】PM8：50，我們剛吃完朋友的彌月蛋糕配可樂。

我：「馨馨、栗栗去刷刷牙準備睡覺囉，刷完要過來給我檢查喔！」
馨＋栗：「好～～～」

幾分鐘後……
笨馨率先衝出來：「把鼻，我刷好了～」
我目檢完之後說：「很好！晚安！」
肥栗接著晃出來：「我也刷好囉～」
我目檢完，突然興起鼻子湊過去她嘴巴聞了一下後，說：「再去刷一次！」

一分鐘後……
肥栗再度晃出來：「刷好囉～」
我目檢完，鼻子又湊過去她嘴巴

聞了一下後，説：「鬼扯！妳沒刷吼！」

栗：「我有刷啊！」

我：「就算有！也沒刷乾淨！不管！再去刷一次！」

一分鐘後⋯⋯

肥栗滿臉不爽的走出來説：「刷好了啦！」

我直接鼻子湊過去她嘴巴聞了一下後，説：「明明就沒刷！剛剛喝的可樂味道還清清楚楚！妳跟我説有刷？？？！！！！！」

肥栗完全不想跟我多説，轉身就往浴室走去，不一會兒，她一臉不爽的拿著她的牙膏湊到我眼前。

栗：「我的牙膏是可樂口味的！」

我：「Oh⋯well...I am...I am...I'm so sorry for that....」（尷尬）

可惡！哪有人牙膏出這種口味的啦！（摔牙膏）

想像力在跳舞

早上，開車載笨馨肥栗經過一間廟，正在等紅燈，坐後座的小肥栗專注的看著窗外，用讚嘆的語氣說：
「哇！他們都在開心的跳舞耶！」

「哪裡？在騎樓底下嗎？跳芭蕾舞嗎？」笨馨跟著探頭問。
<---顯示為毫無邏輯的無腦發問。

「哪裡哪裡？有穿衣服嗎？」我也下意識的追問。
<---顯示為很不正經的家長。

小肥栗繼續看著窗外，帶著輕輕的笑意說：
「你們看，風吹著那些紅燈籠，他們就很開心的跳起舞來了呀！」
<---顯示為具有強烈的，必須狙殺的文青天分。

接下來的時間，到綠燈亮之前，我們父女三人都沒多說話，一起靜靜的、愉快的欣賞著這場微風吹燈籠擺的緩飛輕舞……
那短暫的十幾秒，真是段意外難得的好時光！

好個肥栗，老爸我喜歡您可愛的想像力！

誰的臉大？

我跟笨馨肥栗討論著臉大的問題。

我：「馨馨的臉大嗎？」

馨：「……嗯……我不確定耶……」

栗：「姊姊的臉超小！跟我們的年紀一樣小！」（肯定）

我：「馬迷的臉大嗎？」

馨：「……嗯……我沒特別注意耶……」

栗：「馬迷的臉當然也超小啊！還用問！」（堅定）

我：「把鼻的臉大嗎？」

馨：「……嗯……我不是很清楚耶……」

栗：「明明就超大啊～跟游泳池差不多大！」（浮誇）

我：「那栗栗的臉大嗎？」

馨：「……嗯……這叫我怎麼說呢……」

栗：「我的臉喔，呵呵……中中的啦……」（靦腆）

笨馨整個超虛假，完全閃避問題……超級會閃！

至於肥栗，竟然有臉講自己「中中的」～真是有夠敢講！

明明就完全遺傳到我的肥臉！！

更可惡的是⋯⋯
覷腆個屁？！覷腆個屁？！覷腆個屁？！覷腆個屁？！覷腆個
屁？！覷腆個屁？！覷腆個屁？！覷腆個屁？！覷腆個屁？！
覷腆個屁？！覷腆個屁？！覷腆個屁？！覷腆個屁？！覷腆個
屁？！覷腆個屁？！覷腆個屁？！覷腆個屁？！覷腆個屁？！
覷腆個屁？！覷腆個屁？！覷腆個屁？！覷腆個屁？！覷腆個
屁？！覷腆個屁？！覷腆個屁？！覷腆個屁？！覷腆個屁？！
覷腆個屁？！覷腆個屁？！覷腆個屁？！覷腆個屁？！覷腆個屁？！

有怪物

睡前去孩子的房間巡了一趟。

關好窗戶，再幫孩子們蓋蓋被子撥撥頭髮、摸摸她們稚嫩的小臉蛋。看著她們好可愛好可愛的睡臉，我忍不著彎下腰，分別在她們的小臉頰上都留下淺淺的一個親吻。

走出房間，坐回客廳沙發上，看著天花板，覺得自己好幸福。

不一會兒，肥栗突然哭著從房間走出來。

我：「栗栗怎麼了？」
栗：「把鼻我怕～～嗚嗚嗚嗚……」

我：「不怕，告訴把鼻發生了什麼事，把鼻保護妳。」
栗：「我房間有怪物～嗚嗚嗚嗚……」

我：「是什麼樣的怪物？」
栗：「毛毛的怪物……剛剛怪物還用毛刺我的

臉，我害怕⋯⋯嗚嗚嗚嗚⋯⋯」

我：「剛剛⋯⋯毛⋯⋯刺臉⋯⋯」
栗：「嗚嗚嗚嗚⋯⋯」

我：「栗栗，那不是怪物啦⋯⋯」
栗：「把鼻，怪物等一下要是再出現，我再叫你喔⋯⋯嗚嗚嗚
嗚⋯⋯」
（轉身回房）

我：「TMD啦⋯⋯怪物不會再出現了啦⋯⋯嗚嗚嗚嗚⋯⋯因為拎
北要去睡了啦⋯⋯嗚嗚嗚嗚⋯⋯」

三馬現形記(3)

★ 死胖子

跑到一身汗的肥栗要我抱抱。

我：「栗栗，妳身上為什麼會有死小孩的味道？」

栗：「你身上也有死胖子的味道啊！」

我：「……」（無法反駁）……Orz……

★ 借錢

笨馨肥栗在房間聊天，主題是「創業」，我正經過她們房門口。

栗：「我以後也要去創業。」

馨：「創業要有本錢喔，妳存的零用錢夠嗎？到時候萬一不夠怎麼辦？」

栗：「不夠喔～到時再跟胖子借一點好了。」（笑）

馨：「妳確定胖子會借妳？」（笑）

我：「胖子是誰？幹嘛跟外人借錢？」（衝出來）

馨＋栗：「你啊……」（眼光同時聚焦＋異口同聲）

我：「我？」（食指指自己＋一臉不可置信）

碬！不借！（心意已決！）

★ 禿腿

肥栗蹲下來仔細研究完我的腿茸之後，轉頭告訴笨馨：

「姊～～怎麼辦？（語氣擔心）

我
發
現
把
鼻
的
腿
也
快
禿
了
．
．
．
．
．
」

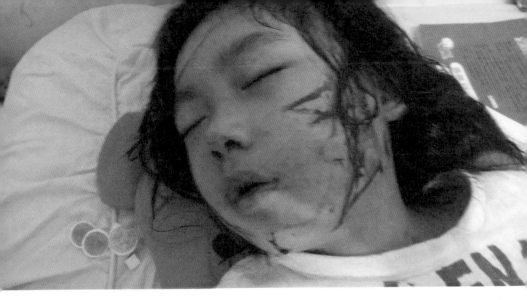

淡定神人

睡前，我都習慣性的拿著照相機去笨馨肥栗房間巡視一下，看看
有沒有什麼可愛或好笑的睡姿出現。某晚一進房間，迎面而來的
竟然是一顆血淋淋的肥栗頭！

我整個嚇壞了！

我的腦袋裡立刻浮現各種想像：

笨馨打的？不對啊……睡前還有說有笑。

有賊入侵？不可能……我整晚都在家。

摔下床？更不可能……她們的床墊是直接放在木地板上啊。

這時，肥栗突然張開眼睛，叫了一聲：「把鼻～」

靠！一顆血淋淋的頭叫著自己的感覺好可怕！

肥栗接著說：「把鼻～我好像流鼻血了……」

我才恍然大悟，說：「嗯嗯，看起來是流鼻血了……」

栗：「我剛剛就有感覺……」

我：「那妳怎麼沒叫把鼻？」

栗：「因為我很累啊……」

我：「這麼累啊？」

栗：「對啊……而且流鼻血又不會痛，我可以自己處理。」

我：「喔……妳做了什麼處理啊？」

栗：「我繼續睡，讓鼻血自己流一流就乾了……」

我：「喔，看起來是這樣沒錯……」

栗：「我沒有哭，很勇敢對不對？」

我：「對啊，好勇敢，好累喔……辛苦妳了，辛苦妳了……」

我拿著沾溼的毛巾幫她擦臉時，實在好想巴她的頭喔……
XDDDD

肥栗的房間傳來呼救聲：

「把鼻，我覺得好難呼吸……不舒服……」

我一聽嚇死了，趕緊衝進去她的房間準備救女兒！

打開電燈一看……

幹！根據我活了三十幾年的經驗，判斷這樣死不了人啦！如果真的死了……

也是笨死的！！

挖鼻屎挖到睡著，手指忘記拿出來……

怪誰？怪誰？怪誰？

別嚇唬我，笨蛋我見多了，但這種笨法還是第一次遇到……XDDDDD

生日禮物

肥栗：「馬迷，妳生日快到了對不對？」
賤內：「對啊～」
肥栗：「那我要送妳生日禮物⋯⋯」

接著，肥栗這個小阿呆衝進房間，不一會兒身上裹著一條大毛巾
走出來，到了賤內面前說：
「噹啷～～禮物來囉～～」
（像變態一樣掀開大毛巾大叫）

只見這一顆缺牙小肥栗，因為不會打蝴蝶結，乾脆用絲巾在脖子
邊隨便打了個醜斃的鳥結，把自己變成了媽媽的禮物。
臉上充滿了不知道哪裡來的自信笑容⋯⋯
整個畫面的組成實在非常詭異，但卻也甜蜜破表。

眼前的這個小人，用她自認為很棒的方式表達她的情感。
看在我們兩個大人的眼裡，覺得她這個方式其實不是很棒

‧

‧

‧

‧

是棒透了！

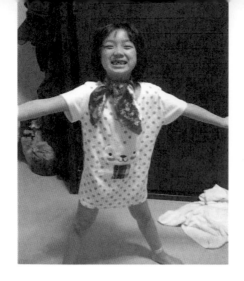

為肥栗這分美好無瑕的心意……感謝主！

三馬現形記(4)

★ 祖先

我：「栗栗，妳為什麼睡覺時都會發出豬鳴聲？難道妳是豬嗎？」

栗：「我想是因為遺傳祖先的關係吧！」

我：「妳的祖先是豬？」

栗：「你就是祖先啊。」

我：「……」

★ 同樂會

笨馨肥栗兩個阿呆明天班上都開同樂會，於是我帶她們去7-11採購零食。

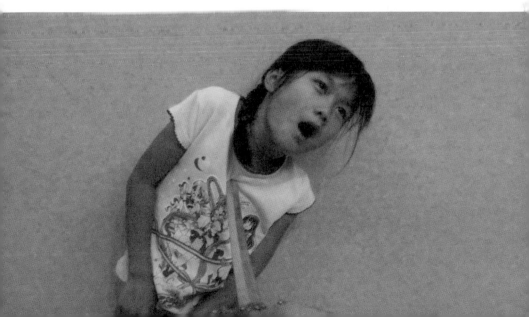

買完之後，我往袋子裡瞄了一眼。

我：「哇嗚～那個……糖果跟巧克力……似乎……彷彿……好像……多了一咪咪……喔～～？」（表情十分祥和，口吻非常客氣）

馨：「同樂會又沒有邀請你開，也沒有要你幫忙吃零食啊……」（口吻不客氣）

栗：「我們還在發育耶！」（口吻非常不客氣）

硍！吃吃吃吃……吃死妳們兩個小王八蛋！祝妳們同樂會樂極生悲！

（作法狂刺稻草人）

★ 別浪費電

從便利商店沿路淋雨回到家，全身溼答答。

脫下衣服，衝進浴室拿毛巾擦了擦頭，打開吹風機吹了一下，肥栗突然出現在浴室門口問：

「把鼻，你為什麼要用吹風機？你能吹什麼？」

我一時間竟然語塞：「我……我就想吹一下熱風啊……」

栗：「你又沒有頭髮，別浪費電啦……」

說完，這胖子就逕自回房繼續睡了。

硪！拎北就算沒有頭髮，也還有頭皮啊！妳是在瞧不起誰啊？？
硪！我的指虎咧？扁鑽咧？立刻拿來！！我今天一定要跟妳有個
輸贏！

我們做父母的，常常都會感到很為難，比如說……

賤內：「我要去睡覺囉～」

肥栗：「馬迷答應我，妳睡覺的時候要記得想到我喔……」

賤內：「好，我會想到妳。」

肥栗：「還有，睡著以後作夢，要夢到我喔～」

賤內：「好，我會夢到妳。」

肥栗：「還有，說夢話的時候也要說到我喔～～」

賤內：「……好……我盡力……」（@@）

肥栗：「好了，妳去睡吧！」（滿足）

我擔心的不只是賤內做不做得到……
我更擔心的是將來她男朋友有沒有命做到……XDDDD

寶爺的綿綿情話

妳們是我前世的情人

攝影　賴小路

小手

起先吸引我的，是還不夠完全環抱媽媽的那雙小手。

我小時候也這樣抱過我爸。
我的孩子也都這樣抱過我。
總有一天，孩子會變成坐在後座。
總有一天，孩子會自己騎車上路。

突然會有一天，我們跟孩子都將懷念起這段彼此需要的歲月。
很溫暖、很有安全感。

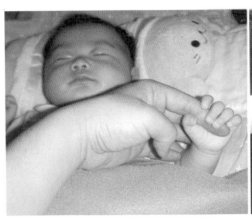

糖葫蘆

深夜，帶著笨馨去買粉蠟筆，回程，我問她：「要不要吃點什麼東西？」

「不用了，等一下回家就要睡了。」她回答。

「確定喔？」我再次確認。

「把鼻，不然吃一支糖葫蘆好了，草莓的……可以嗎？」我可以感受到坐在後座的她臉上是有笑意的。

「當然可以囉，但要記得刷牙喔。」

「好！我會刷牙。」

這下子她聲音裡的笑意更清楚了。

我們就去買了草莓糖葫蘆，坐在路邊。

我喝著礦泉水，看她心滿意足的吃著糖葫蘆，一邊還笑著抬起頭對我說：「糖葫蘆好甜、好好吃喔，把鼻謝謝你！」

我沒說什麼，只是盯著她的樣子傻笑。

沒幾下子，糖葫蘆吃得清潔溜溜，我們就一邊慢慢騎著車、一邊大聲唱著歌往回家路上……

到家停好車，臨近家門時，她突然回頭笑著問我：「把鼻，下次還可以吃糖葫蘆嗎？」

「沒問題！」我也笑了笑。

我喜歡我家女兒這樣甜滋滋的笑容——
像糖葫蘆一樣紅豔豔、亮晶晶。

青春

中午去接笨馨這匹小馬子放學，我車停校門口，遠遠的就看見笨馨走來，而且重點是……

旁邊亦步亦趨跟著兩個小王八蛋男生在那邊搞笑，以笨馨為中心在假裝追逐嬉鬧。

我一眼就能看出他們眼底那股深沉而強烈的把馬子欲望，誰叫他

們的手法太過於拙劣，掩飾得太差！

我原本已經偷偷從丹田開始運勁，盤算著當他們接近時，我使上一套斷喉龍爪手，就能在三步之內，電光石火間取掉他們的兩條小命……

但又轉念一想，顧及他們尚且年幼，仍有大把的好前途，就這樣斷送性命，不也是天大的冤枉？！

所以，我就在最後一刻硬生生的將內力收回，長長悠悠的呼出一口氣，同時也斷了原本強烈的殺意。

最主要的原因是——硍！小學的時候，我自己看到賤內不也是這副死饞樣？

而且，萬一他們其中一個將來真成了我的女婿，當我中風臥病在床時，搞不好還會被記仇糟蹋呢……想想，還是別冒這個險比較好XD

哼！這就是青春啊……（菸～）

不能哭

常常有人問我：「寶爺，以後笨馨肥栗結婚時你怎麼辦？你一定會哭得很慘吧？」
哼！我已經想出解決辦法了。

婚禮進行時，我不動聲色的把女兒牽進會場，假意將女兒交給那個不要臉的禽獸之後，我的寶貝女兒和那個不要臉的禽獸就會對我鞠躬。
就在他們彎腰的瞬間，我就拿出預藏在西裝胸口口袋偽裝成手帕的「專殺拐女兒不要臉禽獸的馬口鐵指虎」，往那個禽獸的天靈蓋毫不留情的摜下去！

硍！就在他天靈蓋上先摜出一個三角形囪門！接著往死裡打！
想拐走我心愛的女兒？硍！禽獸！想得美！領死吧！

所以，婚禮上哥不會哭……
哥有這麼重要的任務在身，不能哭。

板橋區

大寶法王
開示

要聽見表面的人話，
聽懂裡面的鬼話

以下內容純屬舉例，並未影射任何人。
如有雷同，那就雷同。

馬子篇

以下論點，純屬我個人生活經驗及周遭故事累積彙整，並不一體
適用於所有馬子。但……若有雷同，那就雷同！！

你聽到：你真的是很棒的人，但我們當好朋友就好了。
真相是：恭喜！好人卡一張。

你聽到：你不要喜歡我啦，我沒有那麼好啦。
真相是：我不會喜歡你啦，你沒有這麼好啦。

你聽到：你看那個誰誰誰也很棒啊～你追她吧。
真相是：你看看你是什麼鬼樣子啊～別煩我啦。

你聽到：我們當朋友能互相關心一輩子。當情人，一陣子就會分
開的……
真相是：都已經這樣敷衍你了，再不開竅，我保證你永遠把不到
馬子……

你聽到：我們八字不合。
真相是：那八個字是……忠孝仁愛信義和平。猜不到吧？哇哈哈
哈哈哈！

你聽到：我們前世業障太重，今生我們各自好好修吧！
真相是：此刻，她忙著找別人雙修……

你聽到：我爸媽不會贊成的……
真相是：就賭你不會去問我爹娘……

你聽到：我想要的是穩定的生活。
真相是：你的收入不夠穩喔。

你聽到：我不需要很多錢，我只要衣食無缺就足夠了！
真相是：我要的就是錢！！

你聽到：我不需要嫁入豪門，我想要的是嫁入好門。
真相是：老娘錢也要，自由也要！

你聽到：在愛裡，我更需要自由，我會更快樂。
真相是：你他媽的休想綁死我！老娘歌要唱，舞要跳，酒要喝……一樣都不能少！

你聽到：我接受你，你也要接受我的姊妹，我不會因為你放棄她們的。

真相是：留住姊妹，哪天甩了你，男人貨源才不會斷丫……

你聽到：我很需要安全感。
真相是：我需要買很多東西讓我感覺安全。

你聽到：我沒有一定要名牌，我只要好看、舒服就夠了。
真相是：好看、讓人舒服的通常是名牌。

你聽到：我才不喜歡LV、GUCCI、香奈兒的包包。
真相是：我要的是柏金包!!!!!!!!

你聽到：別以為有錢就能收買我。
真相是：要有很多很多很多的錢！

你聽到：我不喜歡特別帥的男生。
真相是：不夠帥我也不會喜歡喔！

你聽到：只要我真心喜歡你，坐摩托車我也很幸福。
真相是：我從不坐摩托車。

你聽到：我希望婚後我能專心把家裡管好。

攝影／賴小路

真相是：老娘不想再上班了，懂嗎？

你聽到：我個性本來就很像男生，大剌剌的。
真相是：如果哪天你看見我跟其他男生手牽手或抱在一起，那可是兄弟之間的情誼喔……

你聽到：我們不要每天黏在一起，這樣太有壓迫感。
真相是：老娘需要鮮肉的調劑ㄚ……

你聽到：你放心，我可以很獨立的！你可以不用太擔心我。
真相是：要切割之前當然要先獨立ㄚ……

你聽到：你還是可以跟你的女生朋友聯絡ㄚ，我不會隨便吃醋的。
真相是：當然，我跟我的男生朋友聯繫……你也少囉唆喔。

你聽到：我跟我前男友雖然分手了，但我還是會關心他，希望他好。
真相是：你隨時也會變我的前男友……我也會關心你，希望你好。

你聽到：你要有男生該有的擔當。
真相是：去買單。

你聽到：我前男友的爸媽跟朋友都很喜歡我，都説他跟我分手是
他的最大損失。
真相是：很多事一體兩面……這也是前男友最大的收穫XDDDD

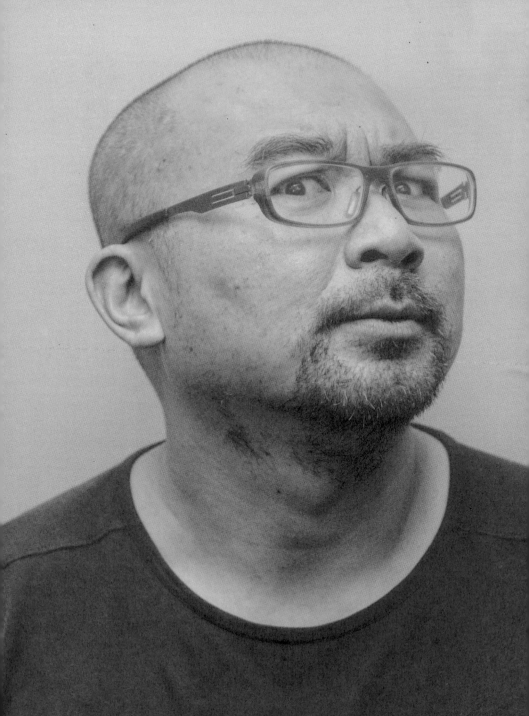

攝影／賴小路

人妻篇

你聽到：老公，你說我會不會胖？
真相是：老公，你敢不敢說我胖？

你聽到：我今天去採買了一堆家用品扛回家……
真相是：除了真正家用品外，還包含三件新上衣、兩條新裙子、一雙新高跟鞋……半打化妝品。

你聽到：今天晚餐隨便煮一煮，粗茶淡飯，大家就別嫌棄湊合著吃吧！
真相是：幹！還不趕快說真好吃！！

你聽到：媽（婆婆）～～謝謝您幫我一起管教孩子。
真相是：老太婆，我管小孩妳在那邊插什麼手？……硍！！

你聽到：老公……你會不會覺得結婚久了，對我也膩了？
真相是：老公，我想確定你是不是活膩了……

你聽到：老公啊，我們一起來看旅遊頻道吧……
真相是：我該出國去玩囉……

你聽到：老公啊，我姊妹那個誰誰誰跑去整形，聽說花了幾十

萬,好誇張喔!

真相是:幹!拎鄒罵只花一萬二買青春保養精華露,算勤儉持家了。

你聽到:老公啊,剛剛經過我們身邊的那女生你認識嗎?

真相是:幹!你他媽眼睛再亂飄,我就讓你下半輩子只能靠按摩為生!

你聽到:對了,母親節要送什麼給老媽?

真相是:幹!母親節我能收到什麼?

你聽到:我們已經是老夫老妻,過不過情人節好像已經沒感覺了。

真相是:今年你沒讓我過情人節,明年我就讓你過清明節。

你聽到:昨天晚上你放口袋裡的打火機,我借用一下喔～

真相是:幹!上面印「真男人攝護腺保養中心」,老娘清楚看到了,千萬別讓我現場抓到……

你聽到:老公啊,我可以用你電話找一下誰誰誰的電話嗎?

真相是:哼!老娘等著看你的反應……

你聽到：老公你真辛苦，禮拜六日還要一直接電話傳簡訊，你老闆真的好過分！

真相是：幹！！他媽的是誰一直打來？？？男的女的？？你最好說清楚！

你聽到：老公～這個月對發票，我們對中四百塊耶，是你去小吃店應酬餐敘花了兩萬多那張喔～

真相是：幹！！兩萬多……你整晚吃鮑魚吃很撐吧？？？

你聽到：你一定覺得我常懷疑你，很不可理喻對不對？？

真相是：幹！誰要跟你講道理！

你聽到：老公，我今天買了新的丁字褲喔～

真相是：你今晚最好又跟我說你上班很累很累，要早點睡……

你聽到：老公，你會一輩子都對我好嗎？

真相是：你的回答會決定你這輩子到底有多長……XDDDD

137

Chapter 3

賤 內
鐵汗男優的愛妻啾咪

自由

「想請問你們夫妻如何做到給予對方自由的空間？」
很多朋友、粉絲都問過我相同的問題。
當我突然決定騎機車出發環島時，又有朋友問了這個問題。

★ ★

回答之前，我想先把「立場」這個東西講清楚。
請先搞清楚您跟您的伴侶在夫妻關係之間的立場為何？

我常說一件很重要的事——我老婆不是「嫁給」我，她是跟我結婚。
在建立夫妻關係的過程中，我們的地位、立場是平等的。
我的出發點不是找一個老媽子傭人。當然，她也不是那塊料。
她的出發點也不是找一張長期飯票。當然，我也沒那個能耐。

首先，這是心態上的彼此尊重。

所以在立場上，我們是兩個獨立的人，因為彼此相愛，愛到不組個家庭會感覺很痛苦，最後逼不得已只好結婚宴客，公告周知我們在法律上已經給了對方一個很不方便另外發展感情的稱謂。

前提是：我們都心甘情願。

即便我們必須每天共處在一個屋簷下，睡在同一張床上……我們也不可能兩個人一起坐在馬桶上拉同一條屎，不可能兩個人共用一雙碗筷吃同一口飯。

睡在床上，她橫躺我直睡，她流口水我打呼，她說夢話我磨牙。

有沒有發現？我們還是在各做各的事情！
我們仍然是獨立、自由的兩個個體，只是我們會在做很多事情的時候把對方的感受考慮進來。

我這樣說話我老婆會不會聽了刺耳？我這樣做事我老婆看了會不會不順眼？
為了不起無謂的爭執，我會選擇盡可能避開某些可能的地雷區。
我老婆也是如此對我。
如果您連對方的地雷區是什麼都不了解，那您被炸死活該。
如果您知道對方的地雷區在哪裡還硬踩，那還是炸死活該。

簡單來說，結婚是一種情感上的彼此委身認同，身分的改變是一項副產品。
並不代表有任何一方必須要不公平的犧牲掉大部分的自我意識。

請記得，結婚對象只能陪伴您走過人生，無法代替您走過人生。

凄厲人妻

你聽到：所有的一切。
真相是：如同你聽到的。

身為作者有什麼好處？就是——我說什麼，就是什麼了！
不管您信或不信，反正我是信了XDDDD

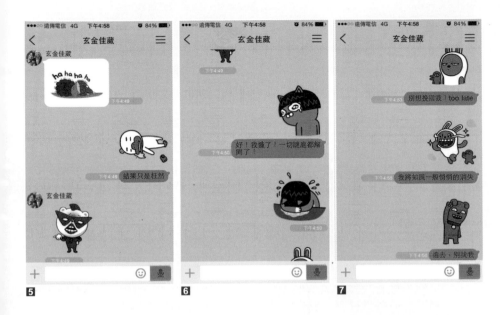

大於1

有一天出貨狀況很多，人不太舒服，雜事很煩，一度情緒十分不佳。

但打開賤內的照片看了她的笑容幾眼，呃⋯⋯就什麼都釋懷了。

我從不相信結婚是1+1大於2這種美好邏輯，畢竟兩個人都有各自的懶惰與偏見，永遠都會有大大小小的摩擦，光是何時該進該退就已經一身大汗了。

再加上孩子和現實生活的消耗，戀愛無敵的夢幻早已逐漸褪去，剩下更多的只有忍讓與包容，且不見得總是心甘情願。

所以，我們這十年來的婚姻裡的1+1永遠小於2。

但每當我在困難之中，最能讓我有力氣再奮起的卻總是這個經常在折磨我的伴侶。

也因為她，我可以大於1。

退一步的距離

我老婆和我很清楚一件事。

我們是個性、脾氣、習慣都截然不同的兩種人，要吵不怕沒話題，但吵完了只會留下許多的疲勞和情緒傷害，並不可能改變對方的個性多少。

倒不如咬牙退一步，甚至是很大一步。

這一步的距離，常常足夠我們給出很多的體諒。

退了這一步，地球依然繼續轉動，馬照跑、舞照跳，星光依舊在閃耀。

心態贏了，就贏了。

自由的空間，就這麼讓出來給對方，也騰出來給了自己。

情趣

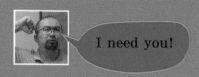

牽手，和我的牽手，
牽著手一起走。
不放手，我們就什麼都有。

婚姻的承諾

站在中環人來人往的街頭抽著菸，縱使隔著如潮水般來去的人群，我發現我就是可以在一瞬間一眼便完成搜尋，立刻對焦認出我親愛的賤內、笨馨以及肥栗。

每看到她們一眼，心底就湧現一次幸福感。

因為我和賤內在愛情關係中的相愛，因此走進了婚姻的誓約，接著有了笨馨肥栗這兩個甜蜜（and時常很欠揍）的產出。

我相信，在我們彼此的眼目中，彼此都是這個世界上最特別的亮點。

按照聖經原則來說，除非上帝給您獨身的恩賜，不然的話，人還是可以向上帝禱告尋求到一個伴侶。

那麼人到底該不該跟這伴侶結婚？

其實每個人心裡都有一個對結婚這件事情的價值觀，實在很難有一個統一的定論。

對我來說，結婚證書也只是一張紙，但它卻代表了在這個世界上一個關係的確立，一種承諾。

我只是想藉此說明我實在很贊成結婚的個人立場。

這輩子我對葳妡最大的承諾不是我能掙得多少富貴，
而是我願意到老都與她相隨。
On our way.

牽手

親愛的小葳：

那一天在首爾，我們剛手牽手走過寧靜的北村，接著走進櫻花初綻的正午喧鬧大街。

經過這面牆時，這個吻，那句WE ARE YOUNG留住了我的腳步，我邀您一起留下這幀影像。

您還記不記得我們一起牽手走過多少路？
我已經不記得了。

我只會記得還要繼續牽著您的手，繼續走。
當然，也不忘記給您一個吻。
Our love, forever young.

最好的朋友

我跟賤內不像夫妻，而是像一對很要好的朋友。

其實我們不管在個性或是生活習慣上，都是天差地別的兩個人。
上帝把我們擺在一起……理論上應該是場災難。但幸好截至目前
為止上帝的祝福還十分夠力，讓我們的關係仍然維持在很不錯的
狀態。
更難得的是，賤內跟我除了是夫妻的關係之外，還是很有聊的好
朋友。

夫妻結婚一久，很多濃烈的愛戀會在生活壓力下被沖刷而變得輕
輕淡淡。這時，「好朋友」這層關係就會發生很奇妙的作用。
夫妻之間很多事情太糾結，太多立場要顧慮，痛苦變得很難啟
齒。但好朋友之間，很多事情的溝通就相對的輕鬆愜意許多。
能溝通，感情自然比較不會出大狀況。

幾天前我問賤內：「妳覺得妳這輩子到目前為止最好的朋友是
誰？」
賤內回答我：「就是你啊。」
幹！真不枉費我們已經認識快三十年了！
除了當一輩子夫妻，我們一定也要一輩子都當好朋友！

賤內躺在床上不小心睡著了，
我偷偷地送上我的情人節禮物。
一個喜歡回家的安全感，和一個輕輕的吻。
這兩樣禮物千金難買。
噓～～別吵醒她。

賣爺的
綿綿情話

不管相愛再久
噁心的話永遠
說不完

我的右手，牽著您的左手
──結婚七週年紀念

1986年

佳葳與我變成同班同學，那年我們十歲，我喜歡佳葳，搞到全班同學都知道，佳葳當然是不喜歡我。

1989年

小六，在一次換座位時，我厚著臉皮跟老師說我要坐陳佳葳旁邊……我得逞了， 但佳葳還是不喜歡我。

1990年

我們進國中，我還是喜歡佳葳，很可惜，佳葳還是不喜歡我，更慘的是，我還知道她喜歡誰！馬兒的咧！

1992年

國中將畢業，該死的，我還是喜歡佳葳，為了追她追到教會，認識了耶穌，但是佳葳似乎還是不喜歡我！

1995年

這一年吧，佳葳戀愛了，對象不是我，那一刻我天崩地裂，當晚在台北工專宿舍酗酒，連膽汁都吐乾了。

1996年～1998年
我歷經退學、當兵、退伍……這幾年因為在教會，我們還是朋友，維持著好朋友的關係與聯繫。

1998年～2000年
我開始進入社會上班，交了一些正式的女朋友，我認真以為佳葳與我，永遠都會只是好朋友～

2001年
就是這一年！！佳葳終於分手了（我對我的興奮深感抱歉），也就在這一年，我終於牽到佳葳的手了！！

2001年～2003年
我們很認真的談戀愛，不管走路、開車，我有一個很堅持的習慣，我的右手一定要牽她的左手。

2003年12月31日
跨年禱告會，倒數最後一秒，大家興奮的互道新年快樂時，我向佳葳求婚，她點頭答應了！

2004年3月20日
那一天，我們開心的在上帝面前結為夫妻了。

2005年1月8日
我去Vegas出差，正在MGM玩吃角子老虎時，佳葳傳簡訊來說：
梁馨報到了。噢～我開始當爹囉！

2007年3月7日凌晨
張哥睡在亞東醫院的沙發上，慶姊跟我在產房裡陪佳葳，不一會
兒，小栗也跟著來報到了！

2011年3月20日
佳葳與我結婚七週年紀念日，今年梁馨要上小學，小栗最近也開
始學會跟我吵架了。

僅以記錄這段歷程紀念我們結婚七週年，記憶潦草但情感深刻。
親愛的佳葳，很高興直到現在我的右手還是常常牽著您的左手。

往後的每一天，還是請您多多指教！！我愛您！！

摩鐵  I want you!

哼!

我的右手，依舊眷戀您的左手
——結婚八週年紀念

365天×8年=2,920天

親愛的，與您牽手這麼多天了。
我的右手，依舊眷戀您的左手。

我已經回不去了！
回不去一個人的瀟灑自由，回不去一個人想走就走、要留就留。
因為，我緊緊牽著您的手。我已經習慣您掌心微熨著我的溫柔。

您總是不吝嗇於用最大聲音稱讚我最微小的好。
您常常用接納與愛緊緊包覆著我的任性與驕傲。
您服事這個家庭的努力永遠不缺少上帝的教導。

我如果是您，我絕對不會答應跟我這種人廝守到老，因為會很疲
勞……

所以，您所付出的每一分愛，我全都視為至寶。
所以，我也很努力愛這個家，是我唯一的回報。

我想我這輩子應該沒什麼機會發大財，也沒什麼機會讓我們全家

人住豪宅。我唯一能做到的，就是持續付出我的愛，讓我們的家庭生活更精采。這輩子我最甜的回憶，是和您們一起上山下海，全家共騎著我那台破破老老的豪邁，好擠，好開懷。

開車出遠門，最後醒著的往往只剩我一個人。看您們全都睡得香沉……叫醒您們？我不忍！我只會開得更慢更謹慎，對我來說，這是責任！

我愛環島，妳變韓僑，笨馨胡鬧，肥栗瞎搞。我在哀嚎，妳又鬼叫，肥栗裝孬，笨馨傻笑。這些畫面，交織出屬於我們的八年，馨香而鮮甜，我永遠留戀。

我能想到最浪漫的事，就是和您一起慢慢變老，直到我們老得那兒也去不了，您還依然把我當成……手心裡的寶！

親愛的佳葳，請讓我的右手依舊眷戀您的左手的故事……一年一年往後寫，寫到底！

結婚八週年紀念日快樂，我愛您。

我的右手，未曾遠離您的左手
——結婚九週年紀念

親愛的佳葳，我首先要抱怨，這一年我的右手常常牽不到您的左手。

因為笨馨肥栗常常各自霸占我們的手。也就是說，這兩個小王八蛋喧賓奪主，徹底的介入、干擾著我們的生活！

但也因為這兩個小王八蛋，我們的手才能牽得更緊更穩。

所以對於她們的存在，我終究是心存感激的。

先撇開她們不談（踹！），我想認真談談我們的第九年。（正色）

就從我們小學時候的這張照片談起。

這張照片拍攝於二十四年前，那是一段充滿嗅覺的記憶。

彷彿還聞得到教室中課桌椅的木頭味道，混合著營養午餐的飯菜

香。同學下課瘋狂遊戲追逐之後的汗臭味更是放肆地在空氣中流竄。

統統混雜在一起之後，這味道就成了童年裡的一部分。

那時我們十二歲，小學六年級，一個對愛與喜歡懵懵懂懂的年紀。

您就坐在我隔壁，我喜歡您，但您喜歡著別人。我們之間在情感上雖然相當不對等，但我仍舊每天都快快樂樂的上學，因為您就坐在我的旁邊呀！

這可是全班唯一的位置！我一個人獨占著！哇哈哈！

誰會料想到……
十二年後我們開始談起戀愛。
十五年後我們決定共組家庭。

十六年後我們竟然有了笨馨。

十八年後我們接著迎接肥栗。

二十二年後我寫下〈我的右手，牽著您的左手——結婚七週年紀念〉。

二十三年後我寫下〈我的右手，依舊眷戀您的左手——結婚八週年紀念〉。

很難以置信的一段過程，卻無比真實的發生在我們中間，畢竟我們是兩個各方面都非常非常不同的人。

能走在一起已經是椿奇蹟了，能走到今天靠的更是上帝數算不盡的恩典。

在我和您牽手走過這一段之後，我更加確定美好的婚姻絕對不是來自於完美的兩個人，而是構築於彼此願意認真承認自己不完美，並且接受對方的不完美的過程。

謝謝您願意和我在困難中相互扶持，彼此關懷。

謝謝您每一次真實的擁抱，您溫暖的掌心熨貼在我的背，我都清楚感受到了。

每一個微小的瞬間，都將成為支持我們在將來繼續相愛的巨大力量。

謝謝您，我的好朋友、我的老同學、我最親愛的賤內。
在我的生命中扮演這麼多的角色，辛苦您了！

二十四年後的今天，我要告訴您並寫下……

我的右手，未曾遠離您的左手。
將來也不會!

親愛的佳葳，結婚九週年紀念日快樂！

栗：「把鼻，為什麼你那麼喜歡跟馬迷、姊姊還有我牽手？」
我：「因為把鼻很愛妳們。」

我們都在牽手的時候學會很多事情。
學會愛人，學會被愛；
學會給予，學會接受；
學會引導，學會追隨。
不管這世界再冷，只要牽起手，
兩面掌心裡總有一股溫暖。
牽手，是一種美好的炫耀。

九十元的瓷盤

我送給賤內一個小瓷盤當生日禮物。

大約手掌攤開大小，白色底，上面印有一圈SNOOPY的圖案及字樣，價值新台幣九十塊。用途上可以拿來裝小蛋糕、小甜點，或放一點小雜物在上面。

基本上C/P值不算太高，也算不上什麼精品，甚至說不出來有什麼特色。

既然如此，我為什麼要送給賤內這樣一個生日禮物呢？

因為我很喜歡她，我知道她喜歡SNOOPY，於是我逛遍板橋後站挑選了這樣禮物，我希望她收到這個禮物時會覺得很開心。

她開心，是我生活中非常重要的一件事。

但摸了摸口袋……我的預算很有限，一百塊是我的全部財產，而且一旦買下來，我全身上下就只剩十塊錢了。有點悲涼的數字。

牙一咬，買了！誰叫我那麼喜歡她！對自己愛的人怎麼可以小氣？！為愛山窮水盡何嘗不也是一種浪漫！

更何況這個禮物擺再久也不會長蟲、不會臭、不會爛。擺個幾十年之後，它的價值就遠遠不只九十塊了，而是一個無價的回憶！

踏馬的！買！

也許您會質疑：不過一個九十塊的小瓷盤，瞧你說得這麼口沫橫

飛……好不好意思呀？！
嗯……這樣說好了……我把這篇文章的第一句話的時態説清楚一
點……

我送給賤內這樣一個小瓷盤當生日禮物，在她十一歲生日的時
候。
就在我們小學五年級時。

很幸運的，在幾次的搬家之中它並沒有被丟棄或損壞。
最後它被奶奶擺在電話旁，上面疊放著一些零錢跟小雜物。日前
被賤內偶然在娘家發現，於是把它帶回了我們家放進電視機旁的
飾品櫃，好好收藏。

看吧！它變無價之寶了。

我送的！送給我小學時最愛的那個女孩，也就是我現在的老婆。
（屁股翹高高ing）

捨不得丟

有時會捨不得丟掉舊東西，是因為情感，而情感來自於記憶，記憶累積於歲月，歲月讓一切陳舊。

手上的舊東西，讓現在與過去兩段時空連結，此刻的心情也因此起了漣漪，一圈一圈，漸漸擴大，旋即淡去。

人在這樣的緬懷裡面尋找到一些已不復見的悸動，深刻的撞擊著神經線裡稱作「感觸」的部分。不見得美好，卻總是難忘。

這些舊東西，成了印證記憶真實性的證據，既是一文不值，卻也千金難買。

人，總是在這樣的矛盾裡來去，以前是，現在也是，未來仍舊逃不開。

或許有人認為不該對過去多所眷戀，耽溺在記憶裡的亮光並無法照亮眼前的黑暗。

但我要說，不要忘記那亮光的溫度，至少記得那溫暖的感覺。

眼前雖然一片闃黑，但心裡卻不酷冷。

我們無法選擇要不要長大，成長是不可逆的單向直線，但舊東西、老記憶偶爾可以讓人的心轉個彎，來個舒服的小迴旋，在無止盡的長大旅程中，稍作喘息。

走進房裡看看賤內這個我保存了快三十年的舊東西，超過四分之一個世紀的記憶，真TMD有感！

可惡！想丟，又不想丟！

（焦慮踱步ing）

婆媳之間
〇〇××

老公在哪裡？

大家有沒有覺得很奇怪，婆媳問題發生時……老公在哪裡？？？

有人說：老公夾在媽媽跟老婆中間。

有人說：老公被媽媽老婆踩在腳下。

我說：屁！老公根本是牆頭草，兩邊倒！哪裡好過就往哪邊靠。

等婆媳之間吵得不可開交時，再從某個神祕的小角落冒出來大叫：

「不要吵了啦！你們女人成天只會吵！煩死了！」（雙手抓頭）

接著奪門而出，找到了一個徹夜喝酒的好理由。（暗爽）

（以上為舉例，並沒有影射任何人，若有雷同，那就雷同。）

老公這個角色

老公這個角色絕對可以阻止很多婆媳問題的發生。

為什麼？因為老媽生這兒子，兒子把這媳婦追進門，所以關鍵就是這兩個女人都深愛著的這個男人。

那麼老公應該站在哪一邊呢？

在婆媳雙方都沒有人犯大錯，只是觀念差異而起爭執的前提下——老公一定要站在老婆這一邊！

因為要跟老公一起過下半輩子的人是老婆，而不是媽媽。

更何況，老公跟婆婆一起狗幹完自己的老婆，回家之後夫妻就會感情更加和諧嗎？

還是指望老婆說：「喔～你們罵得好，我一定會努力改變我自己，讓你們更滿意的！」（握拳啾咪）

回到家還不就是另闢戰場繼續吵？只是狀況從圍毆變成單挑釘孤支。

等夫妻之間吵得不可開交時，老公突然間大叫：

「不要吵了啦！你們女人成天只會吵！煩死了！」（雙手抓頭）

接著奪門而出，又找到了一個徹夜喝酒的好理由。（暗爽）

（以上為舉例，並沒有影射任何人，若有雷同，那就雷同。）

演技

我跟賤內很少在家裡開伙，幾乎都外食。

有一次，我老娘說：「你老婆怎麼都不煮飯呢？」（開始找縫）

我：「哈哈！因為她不會煮啊。」（混過）

娘：「不會煮可以學啊！」（準備插針）

我：「兩大人兩小孩，吃不多又不用帶便當，划不來啦！」（轉移）

娘：「對了，我昨天看你在洗碗，碗都你在洗喔？」（繼續找縫）

我：「哈！誰有空誰就洗啊，平常幾乎都她在洗啊。」（塞洞）

娘：「喔喔……對了，洗衣籃裡的衣服……」（不死心）

我：「我等下就丟去洗，三天洗一次差不多啊。」（撥開）

娘：「你老婆連衣服都不洗喔？」（見獵心喜）

我：「我負責丟洗衣機洗，她負責曬，當初講好的，我比較占便宜喔！」（閃）

娘：「唉！你老婆日子還真輕鬆……」（遠目）

我：「哈哈，她比我辛苦多囉。白天上班超級忙，下班她也都趕快回家，那麼安分顧家，我很滿意了啦，呵呵呵……」（微笑滿足貌）

娘：「唉！你們自己好就好了啦，我一代人不管兩代事啦……」（假豁達）

我：「難怪我老婆對妳那麼尊敬，對我就愛理不理。唉～到底誰

才是兒子呦～」（裝感嘆）

娘：「啊……幹！賣假啦……」（笑）

以上這些，是我跟我老娘的真實對話，看似閒聊，其實凶險處處，機關算盡！只要有個一釐半毫的閃失，那可就是刀光見影、血肉模糊的場面啊……XD

我回到家，跟賤內提起時──

我：「老媽今天突然很關心起我們在家裡的工作分配……」

賤：「嗯嗯，有怎樣嗎？」

我：「沒怎樣啊，她就是想袒護她兒子嘛……呵呵。」

賤：「想也知道～」

我：「但她兒子袒護妳啊。」

賤：「這我也知道啊！」

我：「很好，大家心裡有數，老媽在的時候，就麻煩妳裝裝忙囉。」

賤：「知道啦。」

於是我們繼續窩在沙發上看電視。

不一會兒，電鈴響，開門之後──哎呦，我老娘來了。

一轉頭……

幹！賤內竟然已經移形換位到廚房去收拾碗盤。

接著又瞬間移動到後陽台去收衣服……拿著一堆衣服在手上經過客廳，露出美麗的笑容大聲的問候：「媽，您來啦！」

我老娘也不是省油的燈，立刻笑容滿面的說：「哎呦，妳真辛苦，嘉銘都不會幫忙！」

賤內：「不用啦，我收一下，很快！」

（婆媳相視而笑）

幹！大家演技都好好喔。

★★★★★★★★★★★★★★★★★★★★★★★★★★★★★★★★

寫到這裡，結構也分析了，原因也說明了，實例也舉了。

還有沒有哪位同學有問題？不懂的趕快舉手發問喔！

希望各位老公老婆們記得：

「共同面對婆媳問題，防患於未然。」

觀念問題

我老娘剛剛跟我在聊天,聊到前幾天有戶人家逼媳婦一定要生個男孫的新聞……

娘:「你有沒有打算要再生個小孩?」

我:「沒有耶,我已經有兩個女兒,我覺得很剛好,怎麼了?」

娘:「難道你不想生個兒子?」

我:「不想,現在兩個女兒已經讓我很滿意了。」

娘:「你們老了之後誰養你們?」

我:「我會像妳跟老爸一樣自給自足,為自己的老年生活負責,不伸手跟我們小孩要錢或者成天五四三一堆毛,這樣超好,所以我很尊敬妳跟老爸。」

娘:「如果我說我想抱男孫呢?」

我:「那我會告訴你我結紮了,我已經是一根廢柴了XD」

娘:「你是獨子,你不覺得有責任延續香火嗎?」

我:「老娘,相信我……香火是一種精神,不是一根老二。」

娘:「如果我逼你跟你老婆呢?」

我：「妳知道妳逼不動我的，而且我認識的妳不會做這麼無聊的事。」

娘：「妳知不知道我當初生四個就是為了生你這個男的？」
我：「我知道啊，恭喜你如願了，但我沒有這個需要喔XD」

娘：「如果你們生個男的，我們一定會非常照顧。」
我：「那只會多一個被寵壞的死小孩，就像我小時候一樣。」

娘：「放心啦，不會逼你們，我們一輩子人不管兩輩子的事。更何況你們已經結婚了，是另外一個家庭了，我們不可以干涉你們家的事。以前我們被上一代逼，很痛苦，所以我們不要再這樣逼你們。」
我：「感恩感恩～難怪我那麼尊敬你們，啾咪！」

娘：「幹！沒生男的也好，萬一像你也頭痛……」
我：「娘說的極是！」

我相信重男輕女這件事在華人家庭裡永遠不會消失，因為有很多人的成長歷程就在重男輕女的環境中被不斷壓迫，灌輸生男孩比較好、比較有保障這種觀念。
其實說穿了，都是因為沒有安全感！
而這分不安全感，就這樣永無止境的壓迫著自己，壓迫下一代。

感謝我老爸老娘願意調整自己的觀念，沒有因此壓迫我們，所以我們可以依照自己的意願和能力來決定我們要過什麼樣的生活。他們願意接受我們很誠實的拒絕。為此，我真的很感謝！

也許有人會說：拒絕老人家一再的要（請）求，感覺好像很不孝。我想說的是：對於重男輕女這件事的拒絕，不是因為不孝，是因為這件事根本就不對！別扯太遠。

曾經在一次同事的聚會時，有個同事喝了酒之後告訴我說：「你看你連生了兩個女兒，這就是一種報應，所以生不出男孩子。像我兩個都是兒子，這就是福氣！」
聽到他這番話，我沒有生氣，反而笑了。
我只敷衍的回應他：「是是是，超級報應的，我好慘喔，呵呵呵……」

我笑的原因很簡單：如果生男生女都能影響你人生的福氣，那你的福氣真是少得可憐耶。我絕不浪費時間在這種事情上面生氣。
我更相信，小孩將來會不會孝順、會不會照顧家庭，決定在他們有沒有接受到父母足夠而且正確的愛，跟有沒有老二無關。
這是觀念問題，不是生理問題。

我對我的兩個女兒笨馨肥栗滿意極了。感謝主！

Chapter 4

很多事情，一旦太近就模糊，
拉遠又醜陋得太清楚。
別過頭去，應該是最好的決定，
卻是最不敢做的選擇。
或許闔上心眼也是一種舒服的方式。

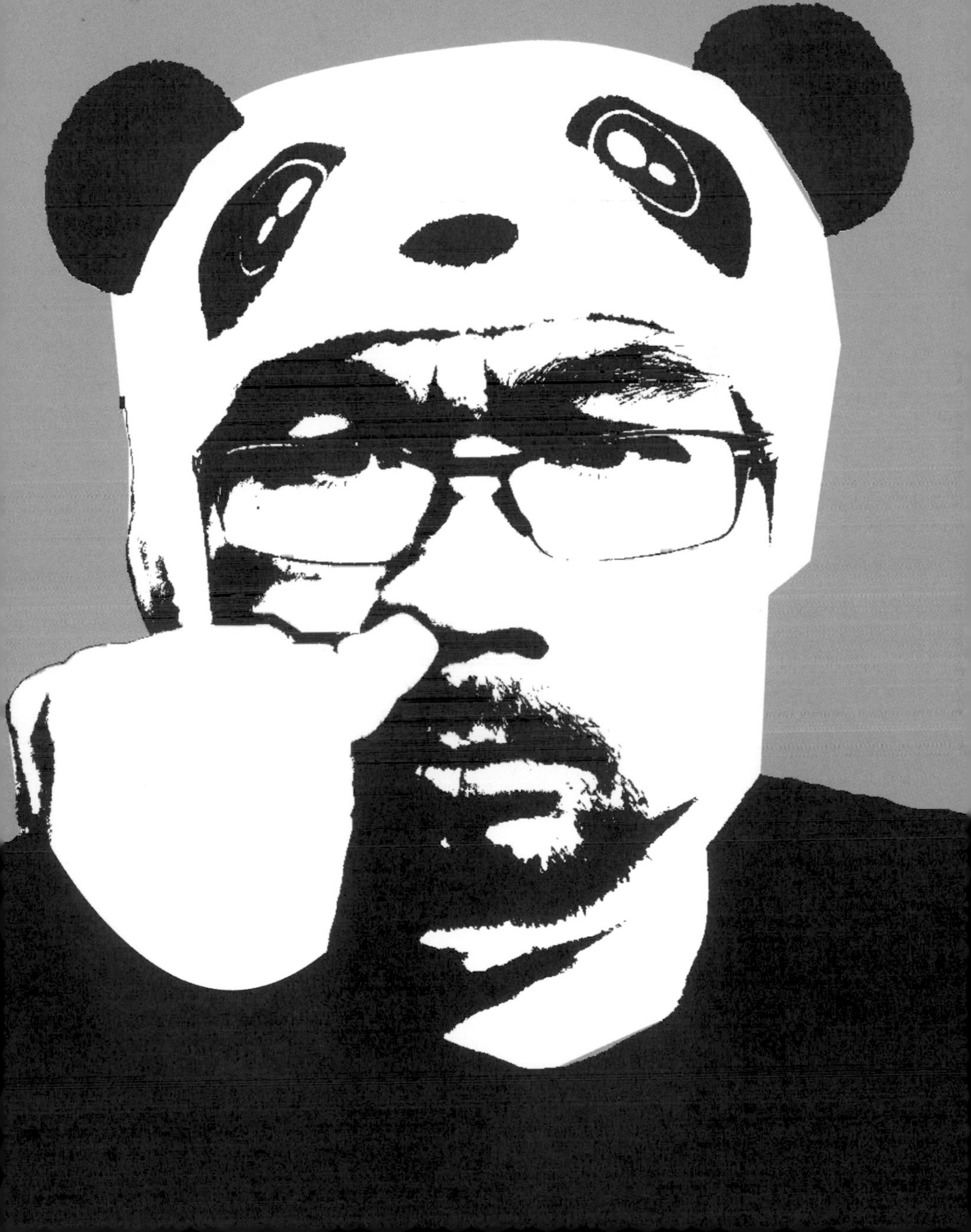

尖叫聲

某次去夜市買點東西吃。

寶：「小姐您好，麻煩您給我一份××，不用袋子，我拿著就好。」

闆：「啊～～～是寶爺耶～～～」（尖叫）

寶：「妳好……妳好……」

闆：「啊～～～你本人的聲音好好聽喔～～～」（持續尖叫）

寶：「謝謝……謝謝……我要一份××……」

闆：「啊～～～是本人耶～～～媽！快過來～～～」（還在尖叫）

寶：「請不要加辣謝謝喔……」

闆：「我明天要跟我朋友說我遇到你！！啊～～～」（持續尖叫）

這時老闆的媽媽出來了，說：「妳是被鬼打到喔，叫這麼大聲……」

闆：「媽～～是笨馨肥栗的爸爸寶爺啦～～啊～～～」（堅持尖叫）

媽：「啊～～～真的是本人耶～～～啊～～」（加入尖叫）

寶：「ㄟ……我的××記得不要加辣喔……」

媽：「你的聲音好好聽喔！不像流氓啊……啊～～」（到底在叫

.org

什麼？）

闆：「對對對！！啊～～～」（妳又跟著尖叫什麼？？）

寶：「我的××真的不要加辣喔……」

接下來五分鐘，這對可愛的粉絲母女不斷的問著有關我們家的問題……當然，持續夾雜著尖叫聲，顯示出相當驚人的肺活量……店內滿滿的客人則是用很納悶的眼神望向我這個嚼著檳榔抽著菸，穿夾腳拖還穿襪子的光頭鬍子男……好不容易，我拿到了我點的食物……幹！還是加辣了！

臨走前，媽媽跟我說：「記得要把我們寫進你的文章喔……」

我說：「好，我會記得！但您下次也要記得我不要加辣喔！！」

闆：「啊～～～」（繼續尖叫，根本沒聽我說的話……）

媽：「啊～～～」（繼續尖叫，根本沒聽我說的話……）

好囉～我履行承諾囉，祝您們生意興隆！！XDDDD

低級

每天，我寫生活中的事情糗我自己；我貼拍有關自己的白爛圖片；我自拍很蠢的影片玩我自己。

每天，我可以讓成千上萬的人因為「我蠢」、「我低級」而開心大笑。

親愛的酸民及魔人，當您躲在螢幕後面惡意敲下鍵盤的批評我蠢、白痴、白爛，或者嫌我低級時……相信我，您的水準真的沒有高到哪裡去。

您一個憤怒的揮拳，頂多只能打痛面前的仇人。

您一句惡意的批評，頂多中傷您周邊的幾個人。

但我一個低級的笑話，卻能逗笑成千上萬的人，甚至因此愉快一整天！

我告訴您，能把別人的快樂能量瞬間引爆，這絕對需要很強的觀察力、豐富的想像力、大量的生活經驗累積，加上天馬行空的聯想能力。

當您不能理解我的有趣而批評攻擊我、質問我時……很抱歉我必須忽略您的過分嚴肅與自以為高明，甚至對您視若無睹。

因為有很多人需要我，而我並不需要您。

我今天不罵您幹您娘，因為我今天不想又被您說沒水準。（幹！
我怎麼還是罵了……）

相信我，低級的我一點都不低級。

自在

我有個從小到大功課都很好的朋友，他對於父母之命向來不敢有一丁點違背，他的爸媽也以養出這樣一個好兒子為榮。
國中資優班、建中、台大、台大研究所，還拿了雙碩士。普考、高考、隨便考⋯⋯統統高分及格。

在爸媽的堅持下，他進了公家機關服務，原因是他的爸媽說：
「我們把你從小栽培到大，我們知道什麼工作最適合你、對你最好。」

在爸媽的堅持下，他跟一個女人結婚，原因是他的爸媽說：
「我們把你從小照顧到大，我們知道什麼女人最適合你、對你最好。」

工作四年，結婚兩年之後⋯⋯
上個月他辭掉了工作、離了婚。鬧了一場前所未有的家庭革命。

爸媽哭紅了雙眼問他：「為什麼？」
我朋友也紅著雙眼說：「我想要自己做決定。不管對錯，我會比較開心。」

這個月他開始在一家公司當個小業務，重新起步。

他也打算找一個自己喜歡的女人，認真的追到她。

他告訴我，很好跟很爽，他現在決定選擇很爽！因為爽的快樂成分比好還要多一些。
我跟他說：「看你這麼爽，我也很爽！加油！」

我點起菸，不抽菸的他還特地跟我要了一根；我咬起檳榔，不吃檳榔的他也跟著咬了一顆。不知道好不好，但我沒有拒絕他……因為我不想破壞現在這個很爽的氣氛。
我第一次看到他這麼自在！

夢想

我正在便利商店裡等微波飯糰。

便利商店門口，一對年輕男女正大聲爭吵著，都哭了，因為男人今天很衝動的辭職了，而他們剛新婚。

男人哽咽著說：「我不要再上班受人使喚了，我要為自己的夢想努力！」

女人擦了擦眼淚問：「好！我支持你！你的夢想是什麼？」

男：「我想做我自己喜歡的工作！」
女：「好！我支持你！你喜歡的工作是什麼？」

男：「我知道我想要的是什麼！」
女：「好！我支持你！你想要的是什麼？」

男：「我想要每天是快樂的醒來！」
女：「好！我支持你！什麼能讓你一醒來就快樂？」

男：「當我為我的夢想努力時！」
女：「好！我支持你！你的夢想是什麼？」

男：「我需要一些時間思考才能回答你！」
女：「好！我支持你！你需要多少時間？」

男：「我不知道，妳不要逼我！為什麼連妳也瞧不起我！」（大吼＋摔菸頭）

女：「……」（再度哭了起來）

很標準的一場惱羞成怒。

夢想？

男人講半天我只聽到代名詞、虛詞、形容詞，連個名詞都沒出現。

追求夢想，似乎只是逃避現實的一種說法而已。

要追逐夢想，起碼要說得出夢想是什麼！

每天醒來就能感覺很快樂的去完成夢想，那通常是表示……還在白日夢裡。

醒醒吧，早安！

答案

《被「幹」走的那五年》是不是一部好電影？感人嗎？

最近有許多人為了這部電影吵到不可開交，相信您一定也有自己的想法。

看完之後，我突然想談談這件事。

在欣賞一部電影、一首歌、一齣戲之後⋯⋯總有某一部分人會痛哭流涕；總有某一部分人會淡然無感。

網路上到處充滿了滔滔雄辯與立場爭鋒。當然囉，因此到處吵成一團！

我笑你淺，你說我蠢，誰又說誰根本懂個屁！

說穿了，大家只是不肯在觀點上讓步，感覺贊同對方就是貶抑自己。這種爭論通常不會有結局，只會留下激情後的疲勞。

蠢爆了！心態健康一點吧！

所有創作者的作品⋯⋯

都是「提問」。

不是「答案」。

導演、創作人、歌手用自己本身的經歷建構出作品。

大家在欣賞這些創作的過程中，因為每個人的經歷背景不同，所以會在不同的「點」上產生情緒呼應。有可能是對某個曾經的疑

間釋然，也可能是對某個曾經以為的真理重新思考。

這些呼應，都是「答案」。

如果沒有呼應產生，其實只是因為觀賞者沒有類似的情緒經歷，或者是刻意的忽略。

光靠自己的觀感論斷一部作品的好壞，其實太過主觀、也太偏頗。

光靠自己的觀感就去挑戰別人的觀感，其實無聊透頂、更是愚蠢。

沒有便祕的人，永遠不會懂得便祕的痛苦。

沒長痔瘡的人，永遠不會了解痔瘡的難受。

所有的愛恨也都需要身體經驗才會真正的透徹。

欣賞別人的作品時，不管您覺得好壞，那都是您自己的事。

有感動，那恭喜您有收穫，就盡情享受吧。

沒感覺，那您就把握時間好好打個盹，休息一下。

收起您的角，不要吵！

攝影／賴小路

結婚

有一些三姑六婆、大伯小叔實在很討厭，一遇到親戚、鄰居或朋友有人未娶或未嫁，就開始有完沒完的囉哩叭唆。

家庭幸福的，就開始拚命告訴對方自己的家庭生活多好又多好，多美滿又多美滿，接著就一直勸對方一定要結婚，一定要生小孩，一定要怎樣怎樣……
家庭不美滿的，就大肆的數落婚姻生活裡的每件事。老公、老婆及小孩在這些人嘴裡都成了阻礙人生快樂的大魔王！然後告訴對方：「你要是結婚，你就毀了！」

還有一種為結婚而結婚的，明明自己的婚姻生活過得很恍恍惚惚，但他還是拚命鼓吹一定要結婚，至於原因，真是爛到夠可怕！
「大家都有結婚，你再怎麼樣還是要找個對象啦！」
「女人還是要找個男人依靠啦，女人自己生活太辛苦啦！」
「男人還是要找個女人生小孩啦，不然就斷後了……」
「有對象就先結了啦！兩個人一起賺錢比較快啦！」

有很多人其實是根本不想結婚的，每次聽到這些理論或謬論實在很煩，我都可以看到他們眼裡的不耐煩火焰差一點就噴出來燒爛對方滔滔不絕的嘴了！

總之，我可以很大膽的説：
婚姻幸福的不外乎只是想炫耀自己有多爽……
婚姻不幸福的不外乎只是想發洩怨恨，吐一口鳥氣……
婚姻很糊塗的只是繼續在糊塗過日子……

已經結婚的人，都不應該把自己的立場硬套到別人的人生裡，這
是一種很沒禮貌又唐突的行為！
請把思考跟決定的權力完全還給那些未婚的人。
那是他們的人生！輪不到你廢話！

也算是戰功

夜市的藥燉排骨攤上，兩個男人已經喝了個醉醺醺，開始話起了
當年勇。
右邊的男人提起自己當年是個叱吒風雲的大工頭，帶領一票兄弟
做遍南北各大工地，在建築界無人不知無人不曉他們這一票人。
而他就是領頭大哥，說多威風就多威風，要多屌有多屌。
語畢，兩人斟滿一杯酒，唰的一聲……乾了！！

左邊的男人果然是男人，還是個不服輸的男人，更是一個喝醉又
不服輸的男人！我從他的背影看出了一股驚人的倔強！
他瞇著眼，晃晃悠悠的說：「我別的沒有，全身的傷痕！每一道
傷痕……都有一個故事！」（突然眼爆精光！）
右邊的男人這時提議說：「來！兄弟！再乾一杯，我聽你說你的
英雄事蹟！！」
語畢，兩人斟滿一杯酒，唰的一聲……乾了！！

左邊的男人手指了指額頭右側的一道疤說：
「這一道疤……我永遠忘不了它是怎麼發生的！」
我也趕緊喬一下姿勢，側了一下身體，深怕錯過什麼精采故事。
他說：「這一道疤……是我在喝了整瓶高粱之後，幹！回家撞到
門撞出來的！！」
我：……（癱軟～）

接著他掀起上衣，指了指腰間的另一道疤說：
「這一道疤啊，我也忘不了……這是我喝了整晚的紹興酒，隔天被送醫急救開刀留下的！！」
我：……（再癱軟～）

接著他拉起褲管，指著一道長長的傷痕說：
「至於這一道疤啊，是我永遠的恨！這是我喝了整晚的米酒，差點上了朋友的女人，幹！結果被十幾個人圍毆，差點打斷腿留下來的！」

右邊的男人跟我都陷入一陣很長很長很長的沉默……
直到我嗑完排骨離開，這陣沉默仍然持續著……

看著他們的背影，我心想：
幹……左邊的男人真是喝酒誤事的活教材啊！喝醉了，糗事也能當成豐功偉業來講，還勾二嫂……真他媽該死！！
（噗哧！）

操場邊的小女孩

今天下午當笨馨肥栗在操場奔跑嬉戲時，我在一旁拿相機幫她們拍照，一個大約十歲的小女孩牽著她的腳踏車站在旁邊看了好久。一開始我不以為意，直到她牽著腳踏車向我走來。

女：「叔叔，你在拍照嗎？」
我：「對啊！妳也要一起照嗎？叔叔幫妳！」
她點點頭。
我：「平常爸爸媽媽會幫妳拍照嗎？」
女：「只有一次，鄰居幫我拍的。」

這時我開始打量她的全身上下……
她身上穿的衣服跟褲子很明顯的小了不只一號，所以繃到很不像話。
她的牙齒應該很久沒有適當的清潔，已經爛光的牙縫間卡了滿滿

的黃垢。

頭髮應該也好久沒洗了，都呈現出一條條塊狀的黏結了。

手腳更不用說了，手心腳底沾滿了油污與塵土。

灰灰厚厚的指甲毫無修剪，長到已經自然破裂剝落。

整個人散發出一股揮之不去的厚重體味。

我：「妹妹，妳也念大觀國小嗎？」

妹：「我沒有上學。我媽媽說我不用上學。」

這時我發現她的發音咬字跟語句結構也完全的有問題。

也就是說，應該已經識字的她，仍然是個未受教育的文盲。

接下來，我幫她拍了幾張照片，她很興奮卻又生疏的擺著一個又
一個的姿勢。

我想，應該已經很久沒有人幫她拍過照片了。

可能家人忙於維持生活於是忽略了她的生活。

可能很多的人都嫌她樣子奇怪或嫌她的身上有不好聞的味道，於
是總是跟她保持一段夠長的距離。

她連說話的機會都沒有，又怎麼可能把話說好？

接下來，笨馨跟肥栗從她們的粉紅色公主包裡拿出糖果跟餅乾，
開始狂嗑了起來。

小女孩站在一邊巴巴的看，如果是一般小孩這樣子，我會認為是家裡沒教好。但就這孩子來說，那只是一種毫無掩飾的羨慕。

我對笨馨肥栗使了個眼色，我的眼神說著：去跟她分享。
笨馨回我一個眼神，那眼神是說：真的嗎？
我繼續使了另一個眼神，那眼神是說：去就對了！！
肥栗也丟來一個眼神，那眼神是說：裡面只剩幾顆而已耶……
我飆過去一個冒著火的眼神，那眼神是說：幹！去！

這時笨馨肥栗完全接收到我的殺氣，立刻堆著滿臉笑意把整盒糖果都送給了那小女孩，笨馨還不忘笑著吩咐說：「很好吃喔～趕快吃吧～全部都給妳。」
那小女孩完全沒道謝，低頭直接整盒倒出來就往嘴裡塞，大嚼了起來。
笨馨肥栗這時一起轉過頭來給我一個眼神，那眼神是說：她為什麼沒有說謝謝？？！！
我回了一個眼神，那眼神是說：幹！囉嗦！等下補妳們一盒！

我相信她們家應該沒有教她太多有關於「禮貌」這件事。所以不怪她。

接下來小女生嘰哩咕嚕對著我們說了一串話，由於她本身發音就很有問題，再加上現在嘴裡含著好幾顆糖果，其實我們都聽不懂她在說什麼。

我只能從她的笑容判斷，她現在很高興，糖果真好吃。

我低頭看了一下錶，時間差不多了，該走了。

於是我們向她揮揮手說了再見，她也對我們揮了揮手。還是笑著。

我們轉身走到一半時，肥栗突然停下腳步，說：「等我一下。」

就看她從公主包裡拿出一包餅乾，轉身向小女孩跑去，把餅乾遞給她。小女孩又笑著收下了！再次對我們揮揮手。

當肥栗回來時，我問她：「妳為什麼要把餅乾也給她？妳不是很愛那餅乾？」

肥栗淡淡的說：「因為我覺得她需要。」

（哇嗚～我心想：好妳個肥栗，老子我欣賞您的看見！）

回到家裡看了幫小女孩拍的照片，想了想她的眼神與聲音……我真的有點難過。

有些人在生活上的缺乏與困頓，真的是超乎我們所能想像的。

就連上學這麼一個天經地義的權利，搞不好都無法被實現。
就連想要看得懂字，說清楚一段話，都是那麼的難上加難。

但是這孩子或許連「感覺」自己活得並不好都感覺不到。

下禮拜，我決定把照片洗一洗，再到學校裡碰碰運氣，看能不能
把照片親手交給她。
我也想親口告訴她：這是妳現在的模樣，記得喜歡妳自己也千萬
要喜歡妳自己。

願上帝祝福她，親自來看顧她。

生命與生活

「生命」與「生活」是兩樣向來都不容易的課題。

尤其當兩者同時需要被支持的當下，有些人的心和身體就必須比一般人多出很多的勇敢。施予幫助和接受幫助的皆是。

我曾在板橋的接雲寺旁看到一對「姊妹」（眼觀猜測）。

當時對於婦人要一邊奮力的踩著腳踏車踏板做生意，又要一邊照顧有障礙親人這樣的辛苦，覺得既感動又難過，卻又無能為力。

這畫面就只能這樣擺在心上……

這天下午，又在接雲寺旁看見她們經過。

婦人同樣奮力的踩著踏板，有障礙的親人同樣坐在那個特製座位上。這畫面說明了：她們的生活還是那麼辛苦。

但仔細再往下一想：她們是可以依靠這樣特殊的狀態自給生活，所以我今天還可以再遇到這樣的她們，而不是流落街頭、餐風露宿。

於是我將車緩緩騎靠近她們，向婦人喊了一聲：「老闆，買菜頭粿。」

她停下車來，熟練的包了一份菜頭粿給我，簡單道了聲謝謝，就繼續奮力踩著踏板離開。

很高興這次我也能為她們的辛苦生活盡一點點力。

下回您如果有機會經過板橋接雲寺附近，不妨也叫住她們，用實
際的小小消費支持她們的生活。
讓婦人踩踏板的腳更有力氣。

親愛的笨馨肥栗啊，
沒有任何人是準備好之後才來到這個世界上的。
每個人都一樣，都是被上帝吹了一口生命的氣息之後，
就被上帝一腳踹到這個世界上來繼續生活。

當然，以後都得靠自己呼吸。

對出生這件事情的無知，上帝對妳們跟我們一樣公平。

趕著回家

這天是中秋。

因為颱風,下午街頭大雨滂沱。

我在回家的路上停紅燈,左手握著方向盤,右手小指很盡興的挖著鼻屎。突然,我的車被一輛從右後方出現的摩托車在緊急煞車的狀態中給擦撞了!

我從照後鏡看了一眼,是一台白色的速克達。

車沒倒、人站著看起來沒事,但他的車左前部緊緊的黏著我的車右後部。很明顯,我的車那塊鈑金內凹了。

照理說,我這時應該彎腰開始找不鏽鋼指虎、鋁球棒、狼牙棒、血滴子那一類的東西,以準備應付等一下可能發生的衝突。

但今天實在雨太大,我想沒有任何阿呆會想在大雨中爭吵叫囂,甚至打上一架。

因為渾身溼答答的很難受,過長的瀏海也會平貼在前額,搞得好像臉上出現條碼一樣……用Barcode scanner光束一掃,結果一定是「Error」。

所以我拉起手煞車,帶著雨傘、七星菸、檳榔還有我的笑臉,下車查看狀況了。

對方是個稚氣未脫的小男生,穿著便利商店熱賣的垃圾袋Style的

黃色透明雨衣。隱約看得見雨衣下是加油站的制服，背著一個黑色的後背包。

小烏龜安全帽簷下是盧廣仲Style的膠框眼鏡，搭著深度近視厚鏡片讓他本來就不大的眼睛看起來又小上一號。

極度破舊的摩托車，我相信如果沒有變形金剛的設計，就算Sky葛格來駕駛，時速想要飆超過八十公里都很困難。

在我的第一眼判斷，應該是個大學生之類的吧。

我：「大哥～我剛剛好像是在停紅燈，應該沒有違規吧？」（皺眉）
男：「抱歉抱歉～是我煞車不靈、煞不住～是我的問題。」（緊張ing）

我：「煞車不靈？被黑鬼東剪斷煞車線了喔？」（爛梗寶模式開啟ing）
男：「哈……哈 ……」（很乾的笑容）

我：「是在趕什麼？騎那麼快……」
男：「我剛下班，要去趕火車，今天要回嘉義過中秋，怕來不及。」

我：「還在念大學喔？在加油站打工？」

男：「嗯嗯，大二。沒辦法，學費好貴，兩個月才能回家一趟。」

我：「你人跟車應該都沒事吧？」
男：「都沒事！但你的車我會負責賠你錢修到好為止。」

我：「我這車很貴耶，畢竟是血統純正的跑車。」（繼續爛梗
ing）
男：「這是跑車喔……」（非常非常非常狐疑ing）

我：「你是要去板橋車站趕火車？」
男：「對！所以……我可以在中秋節回台北之後再跟你去修車
嗎？而且……我可能要月底才會領薪水，才能賠你修車費……很
抱歉……方便嗎？」（滿臉歉意）

我：「喔……沒關係啦。」
男：「這是我的電話（拿筆在紙上抄ing），你可以隨時找到我，
你放心，我不會不接。我一定會賠你錢。但我現在火車的時間有
點急，我想跟你商量是不是可以先離開？我想趕晚餐時間回到
家……」

收下他遞過來的紙條後。

我：「好啦，你先去趕火車吧，趕快回家。」
男：「謝謝你，謝謝！」（鞠躬）
我：「別客氣啦！中秋愉快。」
他重新發動摩托車後就又加速離開，往車站方向衝了。

中秋大雨，視線模糊中，我眼前滿街來往的車輛，有多少人跟這
小男生一樣正在趕路回家？
我相信有不少人因為長大，因為求學、工作、結婚、遷徙，於是
離家愈來愈遠，回家的機會愈來愈少。於是每一次回家，每一次
一家團圓，都成了難得的奢侈。

能一家人都平安，更是極
大的福氣！

願上帝讓每個人在回家的
路上都平安，回到家有滿
滿的喜樂。

看了一眼手中紙條上的電
話號碼，揉了揉，丟了！
中秋嘛～我也要回家跟我
的家人過中秋了。

攝影／賴小路

寒夜送暖

深夜裡，跟好朋友阿福吃完火鍋之後，在開車回家的路上，突然瞥見路邊有一個女人牽著摩托車在路上走，樣子很是吃力，同時不斷在試圖發動。

我將車往她緩緩靠近，降下車窗問：「哈囉～需要幫忙嗎？是破胎還是沒油了？」

這女生看了我一眼，很不好意思的説：「應該是沒油了。」

我打量了一下，她的穿著打扮跟車子老舊的程度顯示她的生活應該不算輕鬆。

車子前座還塞滿了一大袋寶特瓶跟鐵鋁罐，後座鐵架上綁著一大疊廢紙箱，看起來她是個依靠資源回收變現過生活的人。

我跟她説：「這邊離加油站還有一段路，您等我一下，我去幫您買點油吧。」

她很客氣的回我：「不用麻煩啦～我再牽一下就到了。」

「別鬧了，我開車都還要快五分鐘，你牽車不就要半小時？等我，我馬上回來！」我還是堅持。

「那就先謝謝你！我給你買油的錢。」説完她就開始掏起了口袋……

「請你先幫我買十五塊的油就好了。」她向我遞過來兩枚銅板。

「十五塊可能騎不了多遠耶……要不要多買一點？」我很狐疑的

問她。

「我就剩這些了……沒關係，明天一早去資源回收把東西賣了，我就會去把油加滿了。」她有點不好意思的說著。

這下子我突然意會過來了！就伸出手接過她這兩枚銅板。

跟她的手接觸的瞬間……靠！她的手好冰！抬頭看一下她的臉，氣色好差。

「好，妳就在這裡等我一下，我快去快回。」我說。

「嗯～謝謝，謝謝！」她不斷的鞠著躬。

接下來我踩動油門，飛快的往加油站的方向殺去。

途中，我在便利商店稍作停靠，買了兩大瓶礦泉水，直接倒光、接著甩乾殘水，準備當作等一下裝油的容器，加上我車上的小瓶子，算一算有四公升多，應該很夠了。

回車上之後，想一想不對，又跳下車往便利商店跑進去。

這次我從熱飲區拿了兩罐發燙的奶茶，隨手拿了幾支關東煮，舀了滿滿一碗熱湯，又拿了兩個麵包，結帳後回到車上，繼續往加油站去。

到加油站將三個瓶子裝滿油之後，就立刻掉頭回到那個女人停留的地方。

遠遠就看見她還在原地等待著，我再度將車向她靠近停妥。

她一看我拎著三罐油下車，就急著跟我說：「怎麼會這麼多？我身上現在沒有多的錢可以給你耶。」

我笑著告訴她：「聖誕節快到了，多出來的都是上帝派聖誕老人發的禮物。」

這樣一聽，她也笑了，又說了聲：「謝謝你。」

因為冷，她的尾音還有點發抖。

接著我幫她把三罐油全加進車子，按下離合器及發動鍵一會兒之後，果然引擎就順利運作，燈也全亮。她在一旁很客氣的連聲道謝。

我最後再把三個寶特瓶壓扁，塞進她的回收袋。

就在她跨上機車準備離開之前，我叫住她：「等一下！等一下！」

她轉頭看著我。

我從車裡把那一包熱食往她前座的資源回收袋上一放，接著告訴她：「聖誕老人還有交代，東西要趁熱吃，垃圾要分類回收。」

她一臉詫異，但隨即還是有禮貌的再說一次：「真的很不好意思，還是謝謝。」

我向她點了點頭，露出我那迷死千萬婦女及少女的微笑，順便在心裡還甩了一下我那撮茂盛的國王瀏海，就上車離開了～

不遠路口處我遇到了紅燈，從照後鏡裡我看到她並沒有離開，而

是將車熄火繼續在路邊停著。

她人就坐在車上，模樣依稀是拿著關東煮的紙碗先喝著熱湯。

我點起一根菸抽著，看著這畫面。

有很多需要幫助的人並不見得能毫無壓力的說出他們需要的幫
助。

如果我們看見了，即使不確定，不妨多嘴的給一聲問候，或許就
能真的看見這些人的需要，給予適時的幫助。

因此我跟她，都能安心的回家了。

瞬時，我覺得我彷彿穿著一身紅衣。

我很確定：聖誕老人的工作一定很快樂！

選擇快樂

有一回，我在FB上po了一段父女三人在拋錨車裡開心嬉鬧的影片。
有人問：「寶爺，你們家車拋錨了，應該心情很惡劣，為什麼你好像還玩得很高興呢？竟然還有心情錄影？」

我可以很坦白的說，當下車發不動，再加上笨馨肥栗在後座打打鬧鬧時，其實我也有情緒，也想發脾氣。
但笨馨突然無厘頭的問了句：「把鼻，是不是鑰匙插反了？還是鑰匙髒了？要不要用橡皮擦擦一下？」
那時我突然從煩躁中清醒過來，笑了！
反正車子發不動是既定事實，只有等修車廠檢查過才會知道發生什麼事，我現在生再多氣也於事無補啊……
而且，車子是在停車場裡掛點，又不是大馬路中間，更好的是拖吊車等一下就到了。

有什麼好生氣的？乾脆鑰匙一丟，準備享受被拖吊回家的樂趣吧。

對我們這個家庭來說，如果我今天發了脾氣，這件事以後就會變成一個共同的痛苦回憶，但因為我決定要輕鬆面對，所以笨馨說：
「我下禮拜一要跟同學說我有坐過拖吊車的好玩經驗耶，YA！」
很多事情只要心念一轉，可以上天堂，也能進地獄。
我知道我今晚選擇快樂是對的！

阿公和阿嬤

孩子出世之後，阿公阿嬤突然就變得好讓人厭煩──這是很多人的共同經驗，也特別容易形成所謂的「婆媳問題」。

我今天並不打算太著墨於阿公阿嬤很多不合時宜的觀念或者誇張的舉動，因為我相信每一個爸媽隨便舉例都能舉出一大把阿公阿嬤所造成令自己為之氣結的痛苦回憶，完全不需要我再行贅述。所以我決定換從阿公阿嬤的角度來探求原因，或許我們可以看到以後的自己。

歲月真的很無情，帶走了他們大部分的人生。
退休之後，他們必須拱手讓出很多原本很熟悉的能力──體力、視力、記憶力、意志力。
曾經，他們以此拉拔孩子長大，撐起家庭，一肩扛下所有合理或不合理的責任。這世界上似乎沒有任何事能擊垮他們。

退休之前，一夫當關，萬夫莫敵。
退休之後，一夫當關，萬病不敵。

如今老了，能夠穩穩的捧著碗，拿好筷子吃上一頓不掉米粒菜渣的飯，就算是上好的福氣了！

阿公阿嬤已經抱不動爸爸媽媽了，但襁褓中的小孫子還沒問題，更何況這個小孫子的五官根本就是跟自己的孩子從同一套模子翻出來的。

當阿公阿嬤抱起孫子，時光也跟著瞬間倒流。

想當初，我的孩子也曾經這麼小一隻耶！

阿公阿嬤會誤以為自己猶如曾經那麼的年輕。

因為這是我孩子的孩子，所以我願意對他付出所有的好。

我不希望他吹風著涼。
我不希望他餓著肚子。
我不希望他哭啞嗓子。

反正我也沒有其他事可做，我就盡全力照顧我的可愛小孫子！
更何況他是我孩子的孩子，我養過孩子，一定也能照顧孫子！

阿公阿嬤常常會忘記……
孫子是他們孩子生的孩子，並不是他們自己的孩子。
媳婦和女婿，在跟自己的孩子結婚之前，只是個外人。而且這個外人，並沒有受過自己經年累月的照顧，不一定能理解自己表達善意

的方式。阿公阿嬤的這番心意，就常常變得讓人很尷尬、很多餘。

當每一個孩子來到這個世上，除了爸媽會感動於孩子跟自己如此
相像之外——
阿公阿嬤的感動絕對不會比爸媽少。
曾經，好多年前他們也感動於同樣的感動。

阿公阿嬤會搶著照顧孫子，是因為他們想要「被需要」。
只是爸媽……「不見得想要」。

很多事情沒有所謂的對錯，只是觀點不同罷了。
別太責怪阿公阿嬤吧，他們的力氣比我們想像的要小很多很多。
頭腦也比我們想像的簡單很多很多又很多。

雙手捧著的溫暖

有許多逐漸消逝式微的傳統，很卑微的存在著。
例如流動麵茶攤車。

原本開車行進中的我，突然瞥見一位老先生沿街推著這部麵茶攤車叫賣著。
我簡短按了聲喇叭，伸出一根食指示意他我要購買一份麵茶。
帶著斗笠的老先生點了點頭，將攤車靠路邊停了下來，熟練的把因為蒸氣而嗚嗚作響的水壺傾倒，拉出一條長長的滾燙熱水沖進碗裡的麵茶。
瞬時間，麵茶香咪與陣陣白霧逸散在冷冽的空氣裡。不一會兒，麵茶沖泡完成！

遞上五十塊錢，我買的不是這碗麵茶，我買的是一分童年記憶。
我無法阻止這項傳統的凋零，但我可以把此刻的溫暖看在眼底、存進心上。

老先生說了聲謝謝，我也很認真的回了他一聲謝謝。
我相信他每天說謝謝跟聽到謝謝的機會非常有限，因為他的零錢罐裡的硬幣屈指可數。
但零錢罐旁邊的一堆粉罐、配料罐，每一個都維持得乾乾淨淨，排得整整齊齊，熱水壺也絲毫不沾一丁點髒污。

這是他對客人的禮貌。

謝謝他讓很多人還有機會在路邊可以買到一碗麵茶。
可以用雙手捧著的、簡單的溫暖。

我永遠記得。

攝影／賴小路

家人的家人

剛接完笨馨肥栗放學，突然在十字路口看到一對母子，一個身上髒兮兮的中年男人用推貨用的架子就這樣推鏟著一位老太太走在路上。

當時天空開始飄雨了，於是我將車向他們駛近。

「大哥～需要幫忙嗎？要下雨了喔，我可以載你們一程。」

那個男人笑笑回答我：「沒關係，我媽只是腳不方便，有我在她才不會吵鬧，沒法度……」

我還是叮嚀了一聲：「快下雨了，還是躲一下吧。還有，別用推貨架啦……」

他仍舊笑了笑，點了個頭還是說了那句：「沒法度啦……」

笨馨問我：「把鼻，為什麼那個人要用貨架推他媽媽？」

我想了想回她：「不知道耶……或許這是他們唯一能想到的辦法吧。至少，他們想辦法出門了，就可以去做很多事情。」

肥栗接著問：「這樣不是很不舒服又很危險嗎？」

我是這樣回答肥栗的：「栗栗，在我們看來，這樣也許很危險。但我相信對那個奶奶來說，或許這樣的方式是最舒服，也最有安全感的。」

栗：「我還是覺得很危險……」
馨：「對啊……要不要乾脆強迫他們上來？我們載他們去想去的地方。」
我：「……別叫我做這種真正危險的事……Orz……」

有人可以用汽車載媽媽出門。有人可以用機車載媽媽出門。
有人可以用鐵馬載媽媽出門。有人可以用輪椅推媽媽出門。
但就是有人只能用推貨架帶媽媽出門。

不管怎樣出門，只要有家人陪，就是這麼樣的好。
請珍惜我們現有的生活，珍惜我們的家人。

珍惜我們是「家人的家人」這個充滿愛又無可取代的身分。
願上帝的祝福臨到每一個家庭。

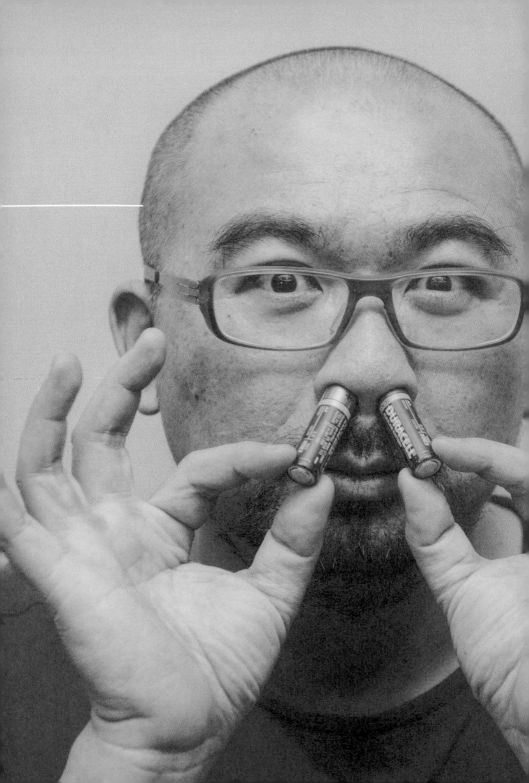

哥也是人生父母養

老北與老母血汗史

我常常懷疑我的身世，
覺得老娘跟老爹是不是對我有所隱瞞？
我老爹身高177公分，我只有172公分，
再加上我老爹是個忠厚的樸實人，
對比我的奸詐取巧又下流，
真是情何以堪？
但是，我老娘畢竟有占到一半股份，
有些事情就……
well, you know……

攝影／賴小路

老爹的八百萬個謎團

我想談談我老爹，就從幾個謎團談起。

★★★★★★★★★★★★★★★★★★★★★★★★★★★★★★★★

我老爹從事染整業（毛線染色）做了一輩子的粗活，因為化學染料的滲蝕，他的手掌表面布滿又粗又硬的厚繭，在指甲或者龜裂厚繭的縫隙間常常卡滿五顏六色的染料。

在我知道「職業傷害」這玩意兒之前，我很是羨慕他的工作可以成天把手玩得髒兮兮還不會被罵。

其中最特別的是他那十根粗到不像話的圓柱狀手指！

直到今天我仍然無法解開一個謎團——他如何將半徑明顯比鼻孔大很多的手指戳進去礦坑深處盡情的挖鼻屎？

沒看到他挖過，我也不好意思問，但我相信他應該沒有享受過那種挖到礦脈深處的快感。

★★★★★★★★★★★★★★★★★★★★★★★★★★★★★★★★

我老娘是個很會也很愛罵髒話的婦人，脾氣非常難搞的一個馬子。

善變易怒不打緊，明明自己理虧也還是秉持著先罵先贏的態度，萬一罵到連自己都不相信自己的窘境時，就乾脆來個轉移話題繼續攻擊。

基本上我身為一個男人，完全無法理解要如何跟這樣的一個狠角色相處上幾十年而不動手行凶？就算不自己行凶，至少也要花錢買凶啊！

（能花錢解決的事情，都是小事。）←這是題外話XD

但我老爹以他無比的好修養辦到了！

每當我娘在發飆的時候，我老爹總是從鼻孔哼了兩聲，接著就走進房裡睡覺了。

每當我老娘閒著沒事找他麻煩的時候，他還是哼兩聲，接著就走進房裡睡覺了。

每當我老娘心情不好開始遷怒的時候，他依舊哼兩聲，接著就走進房裡睡覺了。

我想我老爹深諳豬籠草這種恐怖植物的特性，當你掉進其中，愈掙扎抵抗只是死得愈快而已。「走進房裡睡覺」在絕大多數的時候真不失是一個明智的選擇。

但衍生的問題來了！

在我老娘的翻桌率比鼎泰豐還要高的前提下，我老爹走進房裡睡覺的機率實在也高得嚇人，他怎麼有辦法這樣一睡再睡呢？（幾乎都有睡著喔！）

難道我這幾年的失眠肇因於我老爹睡掉了我的份？

這是第二個謎團！

★ ★

我老爹是個基本上沉默穩重的人，但在特定事情上又展現出很不合理的囉嗦。比如說，他非常熱中於向我們介紹各式各樣的蔬菜及水果產地。

當我們一起坐在餐桌上吃飯時，我隨手夾起了一點點高麗菜往嘴裡送，直覺這菜真是青脆好吃，我就隨口說了句：「今天這高麗菜不錯耶！」

這一誇不得了！就像是你站在漆黑幽暗的蝙蝠洞穴裡面叫了一聲：「大家好！」原本你只是想禮貌性的跟蝙蝠們打個招呼，卻沒想到黑暗中突然有幾萬雙紅眼睛開始發亮，接著就是一波波狂風亂掃的攻擊向你湧過來！

「吼！我跟你說喔～這個高麗菜可是梨山種植的高冷蔬菜，就在那個中部橫貫公路的高點，跟一般平地大量種植的品種完全不一樣！在高山上種植，不管是脆度還是鮮甜度，都不是平地蔬菜所能夠相比的！一般高麗菜在市場裡面一斤只賣XX塊，但這種產自梨山的高山蔬菜一斤要多少你猜一猜？嘿嘿～這可是要XX塊喔！你完全想像不到吧～～哈哈哈！這可是我們這種天天在買菜的人才會清楚的呀！」

坐在公園長椅上享受久違的陽光時，巧遇帶著
笨馨肥栗來公園溜達的老爸。

爸：「梁先生你好，一個人來公園？」
寶：「梁先生你好，帶孫子來玩喔？」
爸：「是啊，你老婆沒一起？」
寶：「出門還帶老婆太難看。」
爸：「也是，那我先去跟我孫女玩了。」
寶：「保重，小心別中風～」
爸：「我盡量我盡量……」
說完他就騎著腳踏車走了。

看著年近七十歲的老爸還能行動自如的騎著腳
踏車含飴弄孫，跟我打嘴砲也是收放自如……
幹！感覺挺幸福的。

在我老爹這一長串的自問自答及無數的自我情緒轉折當中，我很自然的就傻眼了……

聽他的敘述告一段落時，我用手推了一下已然鬆脫的下顎，接著企圖轉移話題的說：「呵呵～讚！好啦！我吃飽了，我來吃個蓮霧，消化休息一下吧～」

「吼！我跟你說喔～這個蓮霧可是產自屏東的黑金剛蓮霧，你看看它的色澤是不是比較暗？跟一般的鮮紅是完全不一樣的！你要知道這只有在很南部那種氣候、土壤、水質才有辦法種出這樣的甜度跟脆度。一般你想買還買不到咧～每年只有在特定的一段產季裡才有辦法買到喔，你們能吃到真的是很有福氣！一般蓮霧在市場裡面一斤只賣XX塊，但這種產自屏東枋寮的黑金剛一斤要多少你猜一猜？嘿嘿，這可是要XX塊喔！你完全想像不到吧～～哈哈哈！這可是我們這種天天在買菜的人才會清楚的呀！」

在我老爹這一長串的自問自答及無數的自我情緒轉折當中，我很自然的又傻眼了……

這時，我老娘就會從廚房裡大罵：「幹！又在介紹了！怎麼那麼囉嗦？那麼愛介紹的話為什麼不到大街上去介紹？這人怎麼那麼奇怪啊？吃飽了沒事就快回房裡睡覺啦！」

按照慣例，我老爹他依舊哼哼兩聲，接著就走進房裡睡覺了。

我咬了一口黑金剛蓮霧，心想：「靠！他為什麼會這麼無所不知呢？還有……知道這些到底能幹嘛？他為什麼要這麼用心呢？」這是第三個謎團。

★ ★

很多人的記憶裡，爸爸都有一輛可以上山下海的野狼125。
哼！我也有！（驕傲挺胸）
我老爹的野狼125是綠色的，油箱這個位置是我這個老么的當然寶座。
電影《鐵達尼號》裡的蘿絲站在船頭，傑克從後面熊抱她，並且哭么：「I am king of the world～」場景很是浪漫。
我坐在野狼125的油桶上，老爹坐在我後面，雙手握著把手剛好環住我，他卻是在靠杯我：「吼！你頭好臭！到底有沒有洗？」
用詞很是殘忍。

就這樣，我還是坐在我的寶座上編織自己的飛行幻想，雖然從圓形油箱蓋下偶爾飄出濃濃的高級汽油味會打擾屬於我的浪漫。
但我知道，在我老爹的懷裡我很安全。
安全到我常常不知不覺的往後一躺，就圓寂了。

這樣的半夢半醒之間，我老爹載我騎進了觀音山的青蔥翠綠，也

騎過淡水的碼頭，呼吸著略溼帶鹹的海風，騎在海口落日的夕陽金光之中，騎織出了我一片又一片的童年記憶。

當然，不可少的彈珠汽水的香甜氣味，讓我在喝到看見瓶底時連吸管都抽出來依依不捨的舔過又舔、吸了又吸。最後，還咬著吸管自以為大人樣的裝起瀟灑，十足傻B。

接著，我又在排氣管穩定的噪音中穩定的圓寂了。

回家了。

旅程當中，我老爹最常問的一句話就是：「會不會餓？想不想吃這個？要不要吃那個？」

其實不管我回答要不要，他都會在瞬間買到剛剛他提及的那樣東西，塞進我手裡，然後不斷的說：「試試看，很好吃耶！！呵呵呵～～」

踏馬的！我真的不懂我老爹幾分鐘前徵詢我的意見是在問爽的喔？

管他的，吃吧！

★ ★

畢竟他還是上一輩的人，「和孩子溝通」這件事在我老爹的邏輯裡面其實很模糊，所以我們很少聊所謂的「心事」，對彼此並不算非常了解。

但在我的童年裡，「父親的存在與陪伴」這件事情卻是很清晰的。

他沒有教過我一天功課，沒有幫我解答過任何一題數學。
我不管考試考幾分，他的評論台詞永遠是：「下次再加油！」
我也永遠都唬爛他：「好！我會加油的。」
對他來說，「有吃飽」好像比「成績好」來的更重要喔～我個人很喜歡這樣的價值觀，小時候是，長大也是。

雖然我老爹是個做粗工的藍領勞力，但是他很明理，並沒有強迫我們彌補他人生許多未能竟的缺憾。
我老爹只是很認真的陪伴我們長大，至於他自己的缺憾，就任它繼續缺憾。
因此，我們少了很多的缺憾。

我常常懷疑我的身世，我覺得老娘跟老爹是不是對我有所隱瞞？？
我老爹身高177公分，我只有172公分。對於生活在營養及衛生條件都比較好的世代的我來說，真是情何以堪？照道理來說，我應該是182才對啊！誰能告訴我這消失的10公分在哪裡？
再加上我老爹是個忠厚的樸實人，對比我的奸詐取巧又下流，不禁讓人懷疑是不是從DNA裡我們就根本毫不相干？？！！

還好！總算我們的面貌神韻裡面還是有許多相似之處，算是多少有遺傳的鐵證。也就是說，我老娘畢竟有占到一半股份，有些事情就……well, you know……

驗DNA這筆錢還是省下來吧。

★ ★

寫到這裡，其實我百感交集。

原先，我以為我會寫出一個跟我自己截然不同的老爹，但寫著寫著，才發現原來我跟我老爹其實好像好像。

我愛自己孩子的態度，我對陪伴孩子的堅持。
我在婚姻相處關係中的豁達，我對於爭吵的厭惡與容忍。
我絕不讓孩子餓肚子的堅持，我對孩子成績完全不在意的輕鬆。
我願意為我老婆遞茶斟水的體貼，我一定要先把家裡顧好的習慣。
我總是反射性搶先提起家裡最重的東西，讓家人盡量的輕鬆。
這不就是我老爹的模樣嗎？
原來，我跟我老爹好像。

我很感謝我老爹，直到今天他還很健康的活著，因此我能免去和他天人永隔的思念之苦。

我相信早晚有一天我會看著照片想念他想念到滿臉眼淚。但在那一天到來之前，我還能繼續儲存我跟我老爹的共同回憶。

有一天他買了全新的摩托車，我提議要幫他拍張照片，他還刻意挺了挺胸，擺了個姿勢，認真的看向鏡頭說：「我好了，你拍吧。」我邊笑著邊按下快門。
隔天，我買了一部更大的重型機車。

看著他老了，我感覺自己更長大了。

但不管我的車買多大，我長得多大……我永遠都是我老爹那個坐在野狼125油桶上打瞌睡的臭頭孩子。

老爹，願上帝祝福您每天都平安喜樂！

裝冷氣的師傅來了……

一對布滿厚繭的大腳。

一雙皺摺沾灰的球鞋。

我想起我那粗工做了一輩子的老爸，

他也有這樣的雙腳、這樣的一雙鞋……

那樣的不美麗是他撐起我們家的美麗印記。

等一下，我要打電話給我老爸，跟他說聲：

「老爹，謝謝你捏～」

也敬每一個撐起家庭的爸爸，每一雙腳都很迷人。

話說我家那匹老馬子

老馬子就是我娘。

我每個禮拜天都會回家吃飯，在家裡的餐桌上，我總能一次又一次遇見我老娘獨特的味道。

我老娘跟我一樣很愛罵髒話，人又很機歪，完全不是一個好相處的傢伙。

但是從小到大，她天天開伙，從沒有誤過我們四個小孩任何一餐飯，而且不管飯、菜、湯一定是冒著熱氣的，冷掉的食物，是不允許出現在我老娘掌控的飯桌上的。

燻了十幾年的廚房牆壁上找不到一絲油垢。

用了十幾年的水槽裡也沒有奇怪的水漬痕。

很標準的精神有髒癖，生活有潔癖。

她每餐都會煮四、五樣菜色，一定有菜有肉有湯，簡單但不馬虎。

一邊炒菜一邊講到不爽的事情時，她除了會加鹽加糖調味，還會邊罵邊噴口水，把極大量的髒話也統統加進去。

說也奇怪，我就愛這一味，我老娘獨特的味道。

所以，我的飯也總是盛得特別大碗。

統統吃光！（飽嗝）

您家老娘的味道，您一定也記得吧。

★ ★

從小到大當我出包時，這位老娘很擅長對我罵：「幹你娘」或「幹拎鄒罵」這一類輕薄她自己或她婆婆的髒話⋯⋯讓我不禁懷疑我並不是她的親生骨肉，以及她跟我祖母是不是曾經存在著嚴重的婆媳問題？XD

她留給我的字條裡，夾雜在歪斜的字跡當中，我總是看到很多注音，而且是錯誤百出的注音，再加上毫無邏輯的跳躍式文法、句型⋯⋯
於是我常常望著字條陷入長長的沉思──並且最後還是搞錯她的原意。

她這輩子從未擁有過手機，也害怕嘗試新科技，連洗衣機都還是必須用手轉的舊型海龍機械式雙槽機種。我永遠記得她第一次用手指滑過iPhone螢幕看照片時驚訝的眼神。

跟很多人的媽媽比起來，她懂的東西不算很多，甚至很跟不上時代。

但她個性深處的明理與溫柔，卻在這個冷漠匆忙的世代裡，像一層暖被輕覆於我的一生。

★ ★

在我學生時期……

每天早上上學前我就能吃到她5:30起床煮好的清粥及三樣小菜。

每天中午吃便當，打開盒蓋，有魚有肉有菜，簡單卻絕不馬虎。

每天下午放學後我就能吃到她加完班拚命衝回來煮的三菜一湯。

五專三年級時，因為我毫無止境的玩樂與放縱，終於在那一年收到了台北工專正式發函的退學通知書，我人生的正式求學經歷因此劃下了休止符。

接著就是必須到宿舍去把個人物品搬走，還記得那天是老爸老媽一起陪我到學校宿舍辦完這事兒。

打包好無緣且陌生的課本、將日常換洗衣物裝箱、收拾完一些雜物之後，我跟老爸肩上各扛著一床棉被，沿途無語的走到了宿舍大門口。我突然停下腳步，回頭往宿舍看了幾眼，又轉頭看向建國南路對街的校區好久，老爸老媽也跟著安靜的駐足。

那時的我，心裡的情緒很滿，不知道是對「被退學」這件事的羞愧，還是對「爸媽的期許」感到無比虧欠？很多話卡在胸口喉

間，幾陣酸楚在鼻中竄繞，最後全凝結成了幾滴眼淚掛在眼眶邊緣，隨時準備在下一秒滑落……

我拿出一根菸，點了，用力的抽著。

一會兒，我終於有勇氣把「對不起」三個字硬是給說出來了，雖然不知道道歉在這個節骨眼上有什麼意義，但終究是我當時唯一有能力做出的些許「補償」。

退學這種事對老娘來說是根本陌生的狀況，在當下她甚至完全搞不清楚退學的真正意思，所以她開口問了我一句：

「嘉銘啊，像你現在被退學的話……休息個一陣子以後，還能回來繼續把剩下的幾年讀完嗎？」

「阿母，不能了，退學不是休學，不一樣，我要繼續讀也只能去讀別的私立學校了，歹勢～～」那時，我的眼淚終於潰堤。

「原來是這樣喔……真是可惜，好不容易考上的說……」老娘終於弄懂了。

「阿母，真的很歹勢，歹勢啦……」這是我當時唯一說得出口的話了。

這時候老娘就算罵我罵上三天三夜，甚至當場把我痛打一頓，我

覺得也全部都是天經地義，一切都是我活該。

但老娘出乎我意料的笑了笑，拍拍我的肩膀告訴我：

「憨孩子，這哪有什麼啦！不就是一次小失敗而已，不可以因為這樣就失志，以後人生還很長，你是查埔郎，男兒有淚不輕彈。走！我們回家，我煮點東西給你吃，吃飽了，休息一下，我們再來打算後面要做什麼！」

我的媽呀！劇情這樣走根本完全不合理吧，老娘竟然一句髒話都沒罵耶！我當下懷疑她是不是有另外一個兒子剛考上建中，不然情緒怎麼可能會這麼平衡？！

不過，老娘都這麼一番好意了，我也不能太抗拒，不然就顯得很不孝了……XD

好吧，我只好繼續扛起很不時尚的紫色碎花大棉被，提起裝滿了無緣又陌生的教科書的五月花衛生紙大紙箱，邁開步伐回我溫暖的家去！

回家做什麼？老娘剛剛不就開示過了？

吃飯啊～先吃飽了再說吧。

就這樣，這是我印象中第一次感覺到老娘的沉穩與巨大。

★★

出了社會工作以後……

我跟女朋友同居好久不回家，一跑回家就是因為跟女友吵架不如意，老娘啥都不多問，還是只問我：

「肚子餓不餓？吃過東西沒？」

工作不順利的我，回到家裡把自己鎖在房間裡生氣好久不出來。

她煮了碗麵放在餐桌上，走到我房門口說：

「桌上有麵，先吃完再繼續生氣吧。」

應酬喝酒喝到爛醉，進廁所抱著馬桶吐到睡著。她捏著鼻子走進廁所幫馬桶沖了水，拍拍我的肩膀說：

「我煮了東西，去吃點，要吐也比較有東西吐。」

★★

結婚生子之後……

賤內沒在我家煮過一頓飯、洗過一次碗。

並不是賤內懶惰，是因為老娘說：

「你們結婚了，就是另一個家庭。你們回到家裡來，就是客人，

沒有要客人下廚洗碗的道理。我家的廚房，是我的，讓我來。」

我兩個女兒笨馨肥栗很喜歡回到阿嬤家的原因之一是：
「到阿嬤家想吃什麼，只要跟阿嬤說，阿嬤就會立刻煮，我們只
要一直吃一直吃一直吃就好了。」

★ ★

簡單來說，我老娘很多事情雖然很不上道，個性又很機歪，但是她
在廚房裡的誠懇與負責，絕對是這時代裡很多媽媽所望塵莫及的。
雖然小時候老娘曾經為了我偷她錢去買飲料，而拿菜刀直接在街
上追殺我，搞得我在街坊鄰居小朋友間的地位盡失，還好一陣子
成為笑柄──
還記得有個傢伙滿臉憋著笑，用微抖的聲音問：「剛剛拿刀追著
你跑，說一定要殺了你的是你媽吧？」
「對，應該是。」我無奈的回答。
「噗哇哈哈哈哈哈哈～～」幹！他終於放肆的笑出來了。

但每當我人生遭遇到很多黑暗的時刻，我老娘始終手執微弱的燭
火站在我的身後，讓我一轉身就能看見光亮，感覺溫暖。

她常說：

「我沒念過什麼書，懂的東西不多，也幫不上你們什麼忙，唯一能做的就是好好的跟你老爸去工作賺錢，讓你們有書可以念，回到家有飯可以吃，平安的長大。除此之外，我也沒什麼好要求的了。」
在人生之前，她實在是位非常謙卑的巨人。

她從傳統的時代中走來，踩著保守的碎步，小心翼翼的與更保守的上一代相處，歲歲年年承受上一代的壓力。
透過我們這些親生的孩子，老娘間接遇見了下一個世代的快速與爆炸。我相信她的心底難免會有恐懼，也一定會有許多觀念上的掙扎。
感謝老娘，她從不看輕我每一個決定，相信我許多謊言；即使很清楚那是個謊言，她還是願意用她的接納陪我一起走過，等待我的成長。對此，我深深稱許她的勇氣。

老娘站在世代的交接處，拿著鍋鏟，把她自己和這個家庭裡的每一段人生炒出很不一樣的酸甜苦辣，沒有一天休息，沒有一天間斷。
老娘很盡責，即使這個廚房著火了，她也從不說離開，很堅持的繼續當個老娘，收拾好殘局，拿著菜瓜布把廚房刷了又刷，用抹布擦了又擦，直到她安心為止。

當然，過程中免不了有很多髒話在空氣中迴盪著，她罵得很自然，我們聽得也很習慣。對我來說，不會罵髒話的老娘，肯定不是我老娘～XD

★ ★

前兩天拍下這張她在廚房煮晚餐的身影，當時她邊煮還在邊罵我那些輕薄她自己的髒話（因為我從背後大叫嚇她，害她差點尿失禁XD）⋯⋯

看到這張照片，我真心覺得這匹還算健康的老馬子⋯⋯還挺性感的。

有空，您也回家看看您家那匹老馬子吧。
至少撥個電話回去，確認大家都好、都平安。

今晚回老娘家吃飯的整個過程出乎意料的溫馨、有禮、祥和。

（背景音樂：〈We are the world〉--- by 很多死老外）

老娘幫我盛飯，我跟她說謝謝。

我說我最近忙，她說你辛苦了。

老娘需要雞蛋，我趕緊衝去買。

我不小心掉飯，她彎腰幫我撿。

左一句謝謝您，右一句很抱歉。

前比出蓮花指，後踏著小碎步。

（背景音樂：〈採紅菱〉--- by 佚名）

靠！我們母子整個就是新北市板橋區模範母親與孝順兒子的黃金組
合！

（背景音樂：〈聽媽媽的話〉--- by 杰倫）

吃完飯，我準備離開，站在陽台穿鞋時，我順手掏出一根菸叼在嘴
上，點起菸後，跟我老娘道別……

（背景音樂：〈Time to say goodbye〉--- by 某個死老外）

我：「阿母，我先來去喔～～」（瀟灑揮手）

娘：「幹你牛湵咧……（台語）！別在我家陽台呷菸啦！屎林鬼阿
哩！幹！」

我：「……」

（背景音樂：〈夢醒時分〉--- by 陳淑樺）

感恩教主！讚嘆法王！
2015年2月1日首場信義誠品新書佈道法會，感謝粉絲們熱情參與。

國家圖書館預行編目資料

寶爺.org／梁嘉銘著.
--初版.--臺北市：寶瓶文化, 2015.01
面；　公分.--(Vision；121)
ISBN 978-986-5896-99-7（平裝）

855   104000107

Vision 121

寶爺.org

作者／梁嘉銘

發行人／張寶琴
社長兼總編輯／朱亞君
副總編輯／張純玲
資深編輯／丁慧瑋　編輯／林婕伃・周美珊
美術主編／林慧雯
校對／丁慧瑋・吳美滿・劉素芬
業務經理／黃秀美
企劃專員／林歆婕
財務主任／歐素琪　業務專員／林裕翔
出版者／寶瓶文化事業股份有限公司
地址／台北市110信義區基隆路一段180號8樓
電話／(02) 27494988　傳真／(02) 27495072
郵政劃撥／19446403　寶瓶文化事業股份有限公司
印刷廠／世和印製企業有限公司
總經銷／大和書報圖書股份有限公司　電話／(02) 89902588
地址／新北市五股工業區五工五路2號　傳真／(02) 22997900
E-mail／aquarius@udngroup.com
版權所有・翻印必究
法律顧問／理律法律事務所陳長文律師、蔣大中律師
如有破損或裝訂錯誤，請寄回本公司更換
著作完成日期／二〇一四年十月
初版一刷日期／二〇一五年一月二十六日
初版十一刷日期／二〇一八年五月二日
ISBN／978-986-5896-99-7
定價／三三〇元

Copyright©2015 by Tabo Liang
Published by Aquarius Publishing Co., Ltd.
All Rights Reserved
Printed in Taiwan.

愛書人卡

感謝您熱心的為我們填寫，
對您的意見，我們會認真的加以參考，
希望寶瓶文化推出的每一本書，都能得到您的肯定與永遠的支持。

系列：Vision 121　　**書名：寶爺.org**

1. 姓名：＿＿＿＿＿＿＿＿＿　性別：□男　□女

2. 生日：＿＿＿年＿＿＿月＿＿＿日

3. 教育程度：□大學以上　□大學　□專科　□高中、高職　□高中職以下

4. 職業：＿＿＿＿＿＿＿＿

5. 聯絡地址：＿＿＿＿＿＿＿＿＿＿＿＿＿＿＿＿＿＿＿＿＿＿＿

　　聯絡電話：＿＿＿＿＿＿＿＿＿　　手機：＿＿＿＿＿＿＿＿＿

6. E-mail信箱：＿＿＿＿＿＿＿＿＿＿＿＿＿＿＿＿＿＿

　　　　　　□同意　□不同意　免費獲得寶瓶文化叢書訊息

7. 購買日期：＿＿ 年 ＿＿ 月 ＿＿日

8. 您得知本書的管道：□報紙／雜誌　□電視／電台　□親友介紹　□逛書店　□網路
　　□傳單／海報　□廣告　□其他

9. 您在哪裡買到本書：□書店，店名＿＿＿＿＿＿＿　　□劃撥　□現場活動　□贈書
　　□網路購書，網站名稱！＿＿＿＿＿＿＿　　□其他＿＿＿＿＿＿

10. 對本書的建議：（請填代號　1.滿意　2.尚可　3.再改進，請提供意見）

　　內容：＿＿＿＿＿＿＿＿＿＿＿＿＿＿

　　封面：＿＿＿＿＿＿＿＿＿＿＿＿＿＿

　　編排：＿＿＿＿＿＿＿＿＿＿＿＿＿＿

　　其他：＿＿＿＿＿＿＿＿＿＿＿＿＿＿

　　綜合意見：＿＿＿＿＿＿＿＿＿＿＿＿＿＿＿＿＿＿＿＿＿

11. 希望我們未來出版哪一類的書籍：＿＿＿＿＿＿＿＿＿＿＿＿＿＿＿＿

讓文字與書寫的聲音大鳴大放

寶瓶文化事業股份有限公司

（請沿此虛線剪下）

寶瓶文化事業股份有限公司　收

110台北市信義區基隆路一段180號8樓

8F,180 KEELUNG RD.,SEC.1,

TAIPEI.(110)TAIWAN R.O.C.

（請沿虛線對折後寄回，或傳真至02-27495072。謝謝）